一度死んでみた

澤本嘉光　鹿目けい子

幻冬舎文庫

一度死んでみた

プロローグ

「白雪姫は王子様のキスで生き返りました」

野畑百合子《のばたゆりこ》は娘の七瀬《ななせ》に白雪姫の絵本を読み聞かせていた。七瀬は白雪姫と王子様、そして二人を祝福する七人の小人たちが描かれた絵を見て、ホッと安堵《あんど》の表情で百合子と顔を見合わせた。

広い公園の芝生に敷いたレジャーシートで、百合子が作ったお弁当を広げて家族三人で食べたところだ。ごく普通の幸せな家族だ。

父、計《はかる》が口を開くまでは……。

「ありえない」

「え？」

百合子と七瀬が計の顔を見る。

「それは人工呼吸だな」

七三に分けた髪に、黒ぶち眼鏡の計は勝ち誇ったような、バカにしたような顔で言い放つ。

こうやって、物事すべてを論理的に考えるのが野畑計なのだ。

人工呼吸と聞いた瞬間、七瀬の脳裏に白雪姫に心臓マッサージをして、人工呼吸している王子の姿が浮かぶ。もちろんイメージの中の王子と姫は外国人だ。

「キスですよ！」

百合子がきっぱりと否定すると、七瀬も「キス、です」と母に同調する。

「待て、こうも考えられる」

百合子と七瀬の意見などお構いなしで計は続ける。

「静電気だ！」

「静電気……」

七瀬は再び、想像する。

眠っている白雪姫に王子様がキスをした瞬間、バチッと静電気が走り、そのショックで姫は飛び起きる……これもどちらも外国人だ。

「子供の夢が」

百合子が落胆を通り越して、呆《あき》れたようにつぶやいた。

「そもそもキスなんて唾液の交換会だ。数億の細菌が口から口へ移動するんだぞ」

計はいつもこうだ。

家族で花火大会に行っても「きれい」と感動し、「たまやー」と叫ぶような単純な楽しみ方では終わらない。花火の色は元素の炎色反応だと言い出し、赤は炭酸ストロンチウムだの、緑は硝酸バリウムだのと、化学の授業になる。

「七瀬は大きくなったら立派な研究者になりなさい」

それが計の口癖で、幼い七瀬は親の期待を素直に喜んでいる。そんな七瀬の将来を、百合子は心配していた。子供にもいつか自我が芽生え、親の思い通りになど何一つ進まないことが百合子には容易に予測出来たからだ。


計が自分のバッグから下敷きを取り出して自分の髪の毛をこすり、逆立てて見せる。どこでも研究ノートが書けるように筆記用具を持ち歩いているのだ。

「わあ」

逆立つ計の髪を見て、七瀬が感嘆の声を上げる。

「これが静電気。やってみろ」

七瀬は下敷きを受け取ると、見様見真似で自分の髪の毛をこすり始める。

「なんなのこれ」

百合子がため息まじりにつぶやく。

周りはシャボン玉が舞い、ボール遊びをする親子の楽し気な声が響いている。

百合子は、目の前で髪の毛を逆立てる娘を見て、これが我が家だと自分を納得させた。

「世の中、実験と観察だ！」

計の言葉に「はい！」と、七瀬は嬉しそうに頷《うなず》いた。

七瀬

「では、一分間の自己PRをどうぞ」

面接官にそう言われ、七瀬はけだる気に口を開く。

就職面接にはふさわしくないピンクとオレンジと黄色が混ざったような色の髪の毛が、日差しを受けてキラキラと金色に輝いている。

「野畑七瀬。慶明大学薬学部三年、です。好きなものはシウマイ弁当。食べる時には手前におかず。まずあんずから、次にシウマイ、筍煮、ごはん、ここで紅しょうがを挟んでブリからの唐揚げ行かずにシウマイ、と。嫌いなものは店員の0円スマイルと野畑計、私の父です。うるさい。かつ、臭い。匂いがするということはヤツの身体から出た物質の分子が空気中に拡散して私の鼻からこの体内に入ったということになります。マジ最悪、です」

適当に答えようと思っていても、ヤツのことを話し出すと止められなくなる。

「なのでそんなヤツが社長をやっている御社への入社なんか全く希望しません！　こっちか

らお断りです！　です、と言えば私はいまデスメタルをやっていまして……世の中の不満へのレクイエムをミサで叫んでいます」

人差し指を天に突き上げながら「以上、デス！」と決めたその時、ちょうど一分を告げるベルがチン！　と鳴った。

声が自然とライブ仕様の低温のだみ声「デスボイス」になっていたことに満足しながら席を立った七瀬は「あ」と思い出したように振り返った。

「明日のミサ、聞きにきてください」

「魂ズです！！！」

ボーカルの七瀬が人差し指を立てて叫ぶと、ライブ会場に集まったオタクファンたちが「デス！」と、同じように人差し指を天に突き上げた。

魂ズのオタクファンたちはライブを『ミサ』と呼び、信奉者のように熱狂する。ステージ上の七瀬たちを見つめるきらきらした目は純粋だが、掛け声には迫力がある。

お世辞にも満員とは言えない客入りでも、ファンや仲間と一緒に過ごすこの空間がたまらなく好きだ、と七瀬は思った。

「お元気ですかー！」

七瀬が叫ぶ。

「死んでまーす!!」

色とりどりのサイリウムを振ってファンが応える。

これが『魂ズ』のお決まりの挨拶だ。

七瀬はデスメタル地下アイドル『魂ズ』のボーカルとして活動している。

ステージでは、黒いゴスロリ風の衣装に身を包み、デスボイスでわざと「デス」に力を込める話し方で観客をあおる。

黒い司祭風の衣装で決めているギターの桃子《ももこ》とベースのほのかは高校時代からの友人だ。

唯一の男子メンバーであるドラムスは、念持《ねんじ》。そんな名前で坊主頭だが、寺の息子ではない。

「魂ズのミサへようこそ！　ここではこの世の嫌なこと忘れちゃっていいん」

七瀬がマイクを客席に向ける。

「デス！」

ファンが応える。

「この世は不満だらけ！」

「デス！」

「絶望だらけ」

「デス！」

「死ぬの英語は」

「デス！」

「曲いっていい？」

「デス！」

「いきます」

「デス！」

「一度死んでみた」

桃子がダウンチューニングされたギターをかき鳴らすと、ベースとドラムが地を這うような低音のリズムを刻み始める。

「デスデスデスデス」

七瀬が激しく頭を振りながら叫ぶと、

「デスデスデスデス」

ファンが応える。

「デスデスデスデス」

「デスデスデスデス」

「うるさい」

「デス！」

「しつこい」

「デス！」

「あれしろこれしろイラつくん」

「デス！」

「子供のころからそうだったん」

「デス！」


「世の中、実験と観察だ」

七瀬は幼い頃、研究者である父・計からそう教わった。

計が子守り歌代わりによく歌ってくれたのは『水平リーべ僕の船〜』から始まる元素記号暗記歌だった。車に乗ると決まって対向車のナンバープレートの数字がなんの元素番号かを当てるゲームをした。デジタル時計の表示も競うように元素番号に言い換える。例えば14時25分ならケイ素時・マンガン分、といった具合だ。七瀬と父はそれを『元素番号ごっこ』と呼んで楽しんだ。

「世の中全ては元素の結合。お前もいろんな元素が組み合わさって出来ている」

父にそう言われ、七瀬は「そう、です」と喜んで返事をするような子供だったのだ。

「人は嘘をつくが、元素は嘘をつかない」

七瀬は父の言葉を疑いもせずに信じていた。

それが今では……。


「縛られすぎて吐きそうなん」

「デス！」

「余計な干渉やめてほしいん」

「デス！」


ステージ上で父の顔を思い浮かべながら、恨みを込めてシャウトしている。

そもそもデスメタルは、死とか地獄をテーマにした歌詞が多いと定義される音楽ジャンルだ。その多くは社会問題に対する不満や、政治的思想などを訴えるものが多いが、七瀬が作詞を担当するこの『魂ズ』の楽曲は、そのほとんどに七瀬の父に対する怒りが込められている。

「あんた死ぬほどうざいん」

「デス！」

「だから死んでくれ！　死んでくれ！　一度死んでくれ！」

七瀬のシャウトに、念持がシンバルを「チン！」と鳴らす。


それが父の臨終を告げるおりんの音になろうとは、この時の七瀬は知る由もなかった。


一時間後、七瀬は野畑製薬の廊下を走っていた。

「父危篤」と報せてきたのは、父の秘書の松岡卓《まつおかたく》だ。

七瀬が会議室に駆け込むと、中にいたおじさんたちが一斉にこちらを振り返った。

「社長が先ほど、お亡くなりになりました」

夢か現実か分からず混乱状態の七瀬は、思わずデスボイスで叫ぶ。

「マジですかーーーーーーーーーー！」

計

野畑計は自宅のキッチンに立ち、いつものように朝食の味噌汁を作っていた。

キッチンの壁には元素の周期表や、分量まで細かく書かれた味噌汁のレシピが貼ってある。このレシピは5年前に亡くなった妻・百合子が書き残したものだ。

食器棚にはビーカーやメスシリンダーなどの実験器具が調理器具に紛れて並んでいて、まるで実験室のようだ。計は火を止めてからガラス棒で丁寧に味噌をとくと、お椀代わりのビーカーによそった。レシピ通り、寸分の狂いなく計量しているので味見などしない。おふくろの味だと自信がある。

長方形のダイニングテーブルの長い辺には七瀬が座っている。

計が「お待たせー」とビーカーに入れた味噌汁を七瀬の前に置くが、返事はない。食卓にはすでに正円の形に焼き上げた目玉焼き、コップ代わりのメスシリンダーにちょうど二百のメモリまで注がれた牛乳、白米が几帳面に並んでいる。

計は境界線からはみ出さないよう、七瀬の隣に座った。境界線というのは、二人の間に貼られた赤いテープだ。計を嫌う七瀬が互いの陣地にはみ出さないようにと貼ったもので、それはテーブルだけでなく、階段や廊下にも延々と続いている。

七瀬は、目の前に並んだ食事には手を付けようともせずに、スマートフォンを片手にテレビを観ている。計は「水兵リーベ」の元素記号暗記歌を口ずさみながら、駒込ピペットで目玉焼きに醬油をたらし「頂きます」と食べ始めた。

「詐欺で集めたお金は全部若返りの美容につかったと話しており、実際は六十五歳の年齢を三十五歳と偽って男性と交際していました」

テレビのワイドショーが詐欺のニュースを伝えている。七瀬と計が画面に目を向けると、短い丈のスカートをはいて痛々しいほど若作りをしたおばさんが映し出されていた。

コメンテーターが「最近は若返りの薬の開発競争も激化しているようですね」とコメントすると、七瀬はあからさまに不快な表情をした。

「お金かけて若くなって何したいのよ、いやらしい」

「野畑製薬に入りなさい」

七瀬との会話は今日もかみ合わない。妻・百合子が亡くなってからずっとそうだ。

大学三年生、就職活動が本格化する時期だというのに、バンド活動にうつつを抜かしている七瀬の将来が、計の悩みのタネなのだ。

「若返りの薬なんて作って儲けようとする奴がいるのが許せない」

「私の研究を継ぎなさい」

七瀬は黙ったままスマートフォンを高速なタッチで操作する。計のスマートフォンが「チーン」と鳴り、画面には「一度死ね」と書かれたスタンプが七瀬から届く。

普通の親なら娘に「死ね」と言われたら落ち込むか怒鳴るかするところだが、計は努めて穏やかに娘を諭す。

「死ね、はやめなさい。製薬会社の社長の娘なんだから」

「チーン」「チーン」と連続で着信音が鳴り、計のスマートフォンには「一度死ね」のスタンプが連続で届く。七瀬に計の言葉は届かないのだ。

「そんな歌うたってるらしいじゃないか。やめなさい」

七瀬は計の言葉などお構いなしに、今度は鼻をくんくんさせ「臭っ！」と鼻をつまむ。

「臭くない！」

否定しつつも、計は自分の身体の匂いが気になり確認する。大丈夫、臭くはない。

「臭い！　象の糞の匂い！」

消臭スプレーを手にした七瀬が計めがけてシュッシュッとやってくる。顔はテレビの方を向いたまま、父親の顔を見ようともしない。

「やめろ！　これは近親相姦を防ぐために『匂い』によって自分に近い遺伝子を生殖行為から遠ざけるためで私が臭いわけではない！」

七瀬は黙れと言わんばかりに、さらにスプレーを計にふきかける。

「やめなさい！　シュッシュッもバンドも」

七瀬はスプレーをスマートフォンに持ち替え、早打ちする。計のスマートフォンの着信音が「チーン・チーン」と激しく鳴り、画面には『死ね』からさらにバージョンアップした『二・三度死ね』のスタンプが光る。計は大きなため息とともにスマートフォンの画面を消した。


五年前、妻の百合子が亡くなってから、七瀬は変わった。理由は分かっていた。

百合子が亡くなった時、計はいつものように会社の研究室で仕事に没頭していて、看取ることが出来なかった。百合子が入院している時も仕事の忙しさにかまけてろくに見舞いにも行かず、かといって家で一人きりの七瀬のもとへ早く帰宅することもしなかった。新薬開発の研究が最終段階まで来ていたし、それが完成すれば奇跡が起こせるかもしれないと信じていた。しかし、そんな願いもむなしく百合子は逝った。葬式の時、憎悪の目つきで睨《にら》んでいた七瀬の顔を、計は今でもはっきりと覚えている。化学が得意だった七瀬はそれまでの進路希望通り難関大学の薬学部に現役合格した。幼い頃から呪文のように言い聞かせてきた研究者になる道を七瀬は進むのだと、安心していた。それが突然、髪を染め、バンド活動を始め、計の会社には絶対に就職しないと言い出したのだ。

それ以来、計は自分なりの方法で七瀬を見守ることに決めた。

「お断りします！」

その夜、計は渡部《わたべ》と役員の宇崎《うざき》を伴い、銀座のクラブに来ていた。野畑製薬のライバル会社であるワトソン製薬の田辺《たなべ》社長に呼ばれたのだ。

計たちの横にはそれぞれ若いホステスが寄り添うように座って、酒を注《つ》ぎ、つまみを並べ、かいがいしくサービスをしている。

「悪い話じゃないと思いますけど、野畑社長」

「お断りします。二回目」

計は、田辺の申し出を食い気味に遮《さえぎ》った。

「若返りの薬についての研究は残念ながら御社がリードしている。しかし、あなた方は経営が厳しい。どうです、我々ワトソン製薬と一緒にロミオを完成させようじゃありませんか」

勝ち誇ったように言う田辺をよそ目に、計はおつまみのしらすおろしを箸でつつきながら
「その可能性はしらす干しの中に小さなタコを見つけるより低い」と返す。

それを聞いた宇崎が「それ、そこそこ可能性高いです」と、しらすおろしの中から小さなタコをつまみ上げて見せた。

「じゃあ小さな鯨だ！」

計はむきになって言い返す。計は、ワトソン社と合併する気などさらさらないのだ。

「人は健康と若さには金を惜しまない。若返る薬があればいくら出しても買いたいという金持ちだらけだ」

田辺はそう言って、周りの客を見ろと言わんばかりに店内を見渡す。中高年の親父が若いホステスに「若ーい！　お肌すべすべ」などと言われて、喜んでいる。

計は、田辺に見向きもせず隣に座っているホステスのあかねとラインアプリで連絡先を交換している。

「大サービス」

あかねは計に写真を送る。

「困りますよ。こういう極めて不自然な体勢の写真」

写真を確認した計は、そう言いつつニヤニヤが止まらない。あかねは次々とセクシーショットの写真を送り続ける。

「堅苦しい！」

計の首を縦に振らせたい田辺が語気を強めると、計はようやく田辺の方に向き直った。

「確かに私たちの会社は苦しい。しかし先月、銀行から経営再建のプロがいらしてくれました」

計の隣に座っていた渡部が、待っていましたとばかりに名刺を差し出した。

「渡部です。責任を持って野畑製薬を立て直していきます」

背が高く精悍《せいかん》な顔つきの渡部の力強い言葉に、田辺は黙る。

「あなた方の力は坊主のヘアドライヤーほど必要ない」

計は満足そうに渡部の肩をポンと叩く。しかし、その場にいる全員が計のたとえに一瞬戸惑う。計は物事を複雑に言う癖があるのだ。だから周囲の人間に真意が伝わりにくく、誤解を生じることがよくある。

「……君のたとえはよくわからないな」

田辺が呆れたように言うと「全く要らないということです」と、宇崎が補足する。

「……相変わらず理想論だな、野畑」

それまで「野畑社長」と、上っ面だけは計に気を遣っていた田辺が痺《しび》れを切らす。

「では、失礼します。田辺さん」

計が立ち上がると、渡部と宇崎も続いた。

「なんでこんなやつを百合子さんは選んだんだ」

田辺は計の背中に捨て台詞《ぜりふ》を吐いた。

「百合子の話はやめろ」

計は語気を強めた。それまでの、相手を小バカにしたようなひょうひょうとした態度は、百合子の名前が出た途端に消えた。

計は表情を硬くし、田辺を睨んだ。

「後悔するぞ、野畑」

黙らない田辺を無視して、計は店を出た。


計と田辺は、かつて野畑製薬の研究室で一緒に働いていた。田辺は計の先輩社員で、同じ研究室には百合子もいた。田辺は百合子に想いを寄せており、計とは仕事だけでなく恋のライバルでもあったのだ。しかし、百合子が計を選び、二人の結婚が決まると、傷心の田辺は野畑製薬を退社してワトソン製薬を立ち上げた。以来、田辺は計に対するライバル心から若返り薬の開発に全力を注いできたのだ。しかし現状、若返り薬に関しては野畑製薬が開発中の『ロミオ』が実用間近と一歩リードしている。焦りを感じた田辺は、野畑製薬が『ロミオ』を実用化する前に、会社を吸収合併しようと躍起になっているのだ。

「社長、これ！」

店の出口で宇崎がスマートフォンの画面を計に見せる。『ワトソン製薬、若返り薬の完成に近づく』というネットニュースだった。計が慌てて記事をスクロールすると、そこには野畑製薬が開発した若返り薬『ロミオ』の研究と酷似した内容が書かれていた。

「これは……」

宇崎が驚いて、計の顔を見る。

「情報が漏れてるな。内部から」

計は、以前からうすうす気づいていた内通者の存在をはっきりと感じた。若返り薬『ロミオ』が実用間近であると田辺が知っていることを、計は疑問に思っていた。しかも、野畑製薬がかつてないほどの経営悪化に陥っていることも、見透かしたようなタイミングで合併話を持ち掛けてきたのだ。なぜ田辺がそれを知っているのか……考えられる理由は一つ。内通者の存在しかない、計はそう考えていたのだ。

「絶対に合併はしない」

計は店内を振り返ると、田辺を睨みつけた。

七瀬

「デスデスデスデス!」

「デスデスデスデス!」

ステージ上で叫ぶ七瀬を、松岡卓は会場の後方から眺めていた。スーツでリュックを前に抱えたその姿は、会場では完全に浮いている。

「何がデスメタルだよ。デスデス言って丁寧なだけじゃないか。そもそも立てる指間違えてるだろって」

人差し指を立て「デス!」とポーズを決める七瀬に向かい、松岡はスマートフォンカメラのシャッターを切った。

「社長に送信っと」

松岡は野畑製薬の社員で秘書室に勤務をしている。ぼさぼさ頭に眼鏡の冴えない男で、そこにいても誰にも気づかれないほど存在感が薄いが、よく見ればイケメンだと自分では思っている。

「痛い！」

近くにいた客に思いっきり足を踏まれ松岡は声を上げた。おまけにその人が持っていたワインが松岡のスーツを赤く染めていた。

「あ、ごめんごめん気が付かなかった」

足を踏んだのは、夜なのにサングラスをしている、いかにも業界人っぽい男だった。

「大丈夫です。僕、存在感なくてゴーストって呼ばれてますから」

松岡は動じることなく、ハンカチでワインを拭きながらそう答えた。謙遜でもなんでもなく、本当のことだ。誰かの背後に立っていても気づかれないことは当たり前、目の前にいてもスルーされることが多いほど存在感がないのだ。社長の計にその存在感のなさを買われ、こうして七瀬の見張りをしているのだ。

「ないよねー君。存在感。クリーニング代払うから連絡して」

男は松岡に名刺を差し出す。そこには『ポニーミュージック　ディレクター・ジェームス布袋』とある。

「ヌノブクロさん、スカウトに来たんですか？」

「ホテイだよ」

布袋は親切に訂正すると「でも、もう帰るよ」と動き出した。松岡は「あの」と布袋を呼び止める。

「こいつら今年デビューの目途がつかなかったら解散らしい、デス！」

松岡は七瀬のバンドが置かれている状況をよく把握していた。

『魂ズ』は地下アイドル専門の事務所に所属し、ライブ活動する場を提供してもらっている。いつでも会えるアイドルとして日々ライブをして、チケットや物販と呼ばれるグッズの販売が主な収入源となっている。しかし、『魂ズ』の売り上げはこのところ頭打ち状態で、今年中にメジャーのレコード会社からデビューの誘いがなければ事務所との契約を切られてしまうのだ。

「彼女、歌に魂が入ってない。『魂ズ』なのに魂がない。ただの、ズ、だ。ズ。じゃあねゴーストくん」

布袋はそう言うと、まだ演奏している七瀬たちに目もくれず会場を出ていった。

「ズ……」

松岡はつぶやく。

だよな、と思う。見張りを始めてから『魂ズ』のライブは何度となく観てきた。見張っているうちに野畑七瀬という人間を自分なりに理解したつもりだ。七瀬は決して歌が下手なわけではない、むしろうまい方だ。ルックスだって悪くない、そこそこイケてる。しかし、歌詞の内容が父親に対する不満だけで、結局何が言いたいのか分からない。偏差値の高い大学に通い、何不自由なく育ててくれた親への反発、それってただのわがままじゃないか。

湧き上がる苛立《いらだ》ちを込めて、松岡は「ズ！　ズ！」とステージに向かって野次を飛ばした。

「ズーズーうるさいな」

気づくと松岡は熱狂的な七瀬ファンのオタクたちに取り囲まれていた。

「あんた最近よくいるよね」

オタクファンたちはじりじりと松岡に詰め寄る。松岡は大事なことを忘れていたのだ。『魂ズ』のオタクファンたちには、魂があることを。

「あんた七瀬に何の用なんだよ！」

松岡はチェーン居酒屋の座敷で、オタクファンたちに囲まれ正座させられていた。『魂ズ』のオタクファン恒例、ミサ反省会に無理矢理連れてこられたのだ。

「社長の命令で見張ってます、あの子を」

松岡は正直に答える。

「すごい妄想だな」

「愛がマックスまでいくと見張るよねえ」

オタクファンたちは松岡の言うことを誰一人として信じてない。それどころか、ストーカーだと思われている。心外だ。

「いやそういうんじゃなくて」

松岡が否定すると「じゃあどんな仕事してんだよ？」と、すかさず突っ込みが入る。オタクファンにとって七瀬を守ることは使命なのだ。オタクファンたちの本気には、本気で応えなければ失礼だ。

「……クスリ」

七瀬の素性を明かすのはまずいだろうと、慎重かつ誤魔化しながら言葉を選ぶ。

「クスリやってるのか！　お前！」

「それであの妄想！」

「ダメ絶対」

「警察呼ぼう」

完全に誤解された松岡は、観念して打ち明ける。

「やってない！　若返る薬の開発をしてるんです」

「若返るクスリ？」

オタクファンたちは冗談だろうと、笑い出す。

「それでうちの会社狙われてるんです！」

松岡の発言にオタクファンたちはしんと静まり返る。

「この人完全にいっちゃってるよ」

「やべえよクスリさん」

本気で訴えれば訴えるほどかみ合わず、話があらぬ方向に行ってしまう。松岡はどうすることも出来ずに「ああーっ」と、頭を掻《か》きむしった。

オタクファンたちはそんな松岡に対して恐怖心をあらわにする。

薬物中毒の禁断症状だと思われているのだ。

「クスリさん、どうぞ一杯」

オタクファンたちは松岡をなだめようとお酒を勧めた。

「僕、お酒ダメなんで」

口では拒絶しながらも、松岡の手はグラスに伸びていた。

「お前ら俺の言うことは死ぬ気でやれ！」

酔った松岡はすっかり人が変わり、オタクファンたちに土下座させていた。

完全に目が据わり「ゴースト」感のかけらもない暴君のような松岡の振る舞いに、オタクファンたちはすっかり怯《おび》えていた。

「集合かけたら五分で来い！」

松岡の怒号に、ファンたちは「はい！」と頭を下げる。


七瀬は誰もいない自宅に入ると「ただいま」とつぶやいた。真っ暗なリビングを足早に過ぎ、母の仏壇がある和室に向かう。朝と帰宅後に母と話すのが七瀬の日課なのだ。

「ただいま、お母さん」

七瀬は遺影代わりに飾ってある家族写真の百合子に向かって声をかける。仏壇の手前には中身のないスノードームのようなものが置いてある。七瀬は、そのドーム型の透明なガラスの置物に付いているスイッチを入れる。すると、３Ｄホログラムの立体的な映像として百合子の姿が空中に浮かび出る。

生前の元気な百合子が「ここよー！　ここよー！」と手を振ってはしゃいでいる。

「ここよー、じゃないよ」

七瀬は笑顔で母を見つめる。

「お母さん、どこよ……」

話しかけても言葉は返ってこない。百合子が繰り返し叫ぶ声がむなしく響き続けた。

七瀬が二階の自分の部屋に入り、電気を点《つ》けると、部屋の真ん中に吊り下げてある大きなサンドバッグが浮かび上がった。

キル・ビルよろしく黄色のつなぎに着替えた七瀬は、両手にグローブをはめると、軽くパンパンと手を合わせながらサンドバッグの中央を睨みつけた。そこにはお世辞にもうまいとは言えない計の似顔絵を描いた布が貼り付けてあるのだ。

「会社なんか継がない！」

七瀬は、そう言いながらサンドバッグの計に軽くジャブを打ち込む。

計は仕事人間で、百合子が入院していた病院にも滅多に顔を出さず、臨終にも間に合わなかった。野畑製薬が若返りの薬の開発に長い歳月をかけて、それが実用間近だと知った時、「そんなくだらない薬のために、お母さんの見舞いにすら来なかったのか」と七瀬は怒りに震えた。そして百合子が死んだのは、計のせいだとすら思うようになったのだ。

「言ってることわかんねえよ！」

強烈な右ストレートを、計の顔面に打ち込む。

「クソオヤジ!!　死んじまえ！」

極めつきのハイキックをすると、計の似顔絵はＫＯされたかのようにひらひらと舞った。

翌日、七瀬がバイトの配達を終えて戻ると、店には松岡が来ていた。

七瀬は「ちゅーか地獄屋」という中華料理屋でバイトをしている。店内のメニューが「地獄ラーメン」「地獄餃子」「地獄もやし」と地獄尽くしなことにデスメタル精神を感じて、バイトを決めたのだ。

松岡はお気に入りのもやし炒めをちゅるちゅると食べながら、七瀬に「よ」と挨拶する。

「いい加減、見張るのやめてよ！　うざい」

七瀬は岡持ちを片付けながら厨房に「閻魔さん、ただいま」と声をかけた。閻魔大王のコスプレをした店長が「お帰り」と返す。店長はその風貌から、みんなに「閻魔さん」と呼ばれているのだ。

「社長命令だから」

松岡は、感情を込めずにサラッと答える。

「社長が死ねって言ったら死ぬわけ？」

「死なないよ。なんで会社のために死なないといけないの？」

松岡はもやし炒めをちゅるちゅるとすすりながら質問に質問で返す。

「じゃあなんで見張るのよ！」

七瀬は、淡々と淀みなく答える松岡に対し、声を荒らげた。松岡と話すといつもイライラしてしまうのだ。

「人を助けたくて製薬会社に入ったんだけど、何やってもうまくいかなくてさ。そんな時、社長がお前の特技を生かした仕事があるって。君の観察。存在感ないから目立たなくていいって」

「私まで実験と観察か！　あのクソオヤジ！」

いつだってそうだ。「世の中、実験と観察だ」というのが計の口癖で、七瀬も幼い頃からその考えを叩きこまれて育った。幼い頃は父の教えを疑いもせずに信じていた。けど、今は違う。

「私、絶対製薬会社なんかに就職しない」

「閻魔さん、もやしもう一皿！」

七瀬の決意を無視して松岡が厨房に叫んだ。店長は「ちゅーかラーメン食え、このもやし野郎！」と文句を言いながらも、中華鍋にもやしを投げ入れる。油が跳ねる美味しそうな音と、中華鍋をお玉で叩くリズムが店内に響く。

「ねえ、素朴な疑問」

松岡はまっすぐに七瀬を見る。

七瀬は松岡の眼鏡の奥にある瞳に見惚れた。

美しい。

男の人にそんなことを思ったのは初めてだった。それを悟られないように、七瀬は「何よ」と目を逸《そ》らす。

「なんで父親が嫌がることばかりするの？」

「は？」

なんでって……決まってる。なのに、改めて聞かれると言葉が出ない。

「君って何がしたいの？」

「え……」

翌日、七瀬は野畑製薬の就職面接を受けにきていた。松岡に問われ、答えられなかった返事をするために乗り込んできたのだ。

「では、一分間の自己ＰＲをどうぞ」

面接官にそう言われ、七瀬はけだるそうに口を開く。

就職面接にふさわしくないピンクとオレンジと黄色が混ざったような色の髪の毛が、日差しを受けてキラキラと金色に輝いている。

「野畑七瀬。慶明大学薬学部三年、です。好きなものはシウマイ弁当。食べる時には手前におかず。まずあんずから、次にシウマイ、筍煮、ごはん、ここで紅しょうがを挟んでブリからの唐揚げ行かずにシウマイ、と。嫌いなものは店員の0円スマイルと野畑計、私の父です。うるさい。かつ、くさい。匂いがするということはヤツの身体から出た物質の分子が空気中に拡散して私の鼻からこの体内に入ったということになります。マジ最悪、です」

適当に答えようと思っていても、ヤツのことを話し出すと止められなくなる。

「なのでそんなヤツが社長をやっている御社への入社なんか全く希望しません！　こっちからお断りです！　です、と言えば私はいまデスメタルをやっていまして……世の中の不満へのレクイエムをミサで叫んでいます。以上、デス！」

人差し指を天に突き上げて決めると、一分を告げるベルがチン！　と鳴った。

計

「遅いなあ松岡」

計は社長室で、七瀬の観察結果を報告に来るはずの松岡を待っていた。

「はい」

すぐそばにいる松岡が返事をする。

「うわっ！　いたのか！」

心底驚いている計に松岡は「ずっと」と平然と答えた。至近距離にいても相手に気づかれないという存在感のなさに、計は改めて感服する。

「すごいな、その存在感のなさ。まあ、人と違うところはみんな特技だ」

お世辞でもなく、本当にそう思う。計自身、自分が人とは違うと感じながら生きてきた人生だ。

「褒められている気がしません」

松岡は少し曇った声で答えた。

「我思う、ゆえに我あり。デカルト」

「怖い!!」

「それはオカルトだろ。デカルト。哲学者。悩んでる時点で君は確かに存在しているってこと」

計は松岡に励ましの言葉をかけた。

「……どういうことですか」

松岡はしばし考えた後、不思議そうな顔で計を見た。

計の言い回しは、やはり相手に伝わりにくいのだ。

「目に見えるだけが存在するということではない。大事なのは存在する目的。何のために生きるのか。それがない人は存在してない。死んでるのと一緒だ」

計は、我ながら良いことを言った、というドヤ顔交じりで微笑《ほほえ》んだ。

「死んでる……」

松岡はそのフレーズにややショックを受けた様子で顔を歪《ゆが》める。

「で、七瀬の様子は？」

「ズです。ズ！」

計は、何のことか分からずに「ズ？」と聞き返す。

「安心してください。あいつら、魂ないんでデビューなんかできません」

「ズ、か」

計はバンドがデビュー出来ないことを安堵する一方で、七瀬のバンドに魂がないと言われたことが引っかかる。

「でもなんで見張らせるんですか？」

松岡はずっと抱いていた疑問を計にぶつけた。

「研究者になって欲しいのに、急にデビューするとか言い出した。観察の必要がある」

計は淀みなく答えた。

「そんなの直接話せばいいじゃないですか」

「いや……まずは観察だ」

本当は話したくても七瀬が話してくれないのだが、父としての威厳を守るためにそれは黙っておいた。

「まあ生意気ですね。あのデスデス女」

松岡は本音を漏らす。

「私の娘だ」

それまで温厚だった計が語気を強める。

「あ……いや、ずっと気になってたんですけど、あれって？」

気まずくなった松岡は壁にかかっている宇宙服を指さして、話題を変えた。

「これか」と計は嬉しそうに宇宙服に歩み寄る。

「いつか宇宙に行くのが私の夢でね、真似事で作ってみたんだ。科学ではまだ解明できないことってたくさんあるからなぁ」

計は宇宙服の説明を始めた。計のオリジナル宇宙服は気密性や酸素供給、体温の調整、特に太陽光線を浴びた際の冷却機能に優れた本物同様のもので、それまでの宇宙服よりもコンパクトに出来ているのだ。大好きな宇宙について計が語り続けていたその時、ドアを勢いよくノックする音がする。

「出かけたと言ってくれ！」

計は小声で松岡に頼むと、壁際にあるロッカーに入り込んだ。

計がロッカーの扉を閉めるのとほぼ同時に、渡部が慌てた様子で駆け込んできた。

渡部は社長室を見回して誰もいないことが分かると、そのまま出ていこうとする。

「います」

松岡は、渡部に自分の存在を知らせた。

渡部は幽霊に出会ったかのように、「うわ！」と仰け反った。

「いたのかゴースト！　社長見かけたら教えろよ」

渡部はそう言い残すとすぐに出ていく。

「行ったか？」

計がおそるおそるロッカーから顔を出す。「大丈夫です」という松岡のジェスチャーを受け、計はロッカーから出てくる。出てきた計の姿を見て、松岡は驚く。ロッカーに入った時にはジャケット姿だった計が研究員の白衣に着替えていたのだ。

「え、この狭いロッカーの中で着替えたんですか？」

松岡はロッカーを見る。大人が一人入るギリギリ程度の幅しかない。

「特技だな」

計は得意気に答える。

「人と違うところはみんな特技？」

松岡が計の受け売りで聞き返すと、計は「ま・さ・に」と微笑んだ。

松岡は入社して間もなく希望していた新薬開発の部署に配属された。しかし、失敗続きですぐに開発とは関係のない部署に異動になった。そんな松岡を、計が社長秘書に抜擢《ばってき》したのだ。自分の存在価値をまだ見出せない若者の姿が、かつての自分と重なり、計はどうしても松岡を放っておけなかったのだ。

「ちょっと研究室に行かないか？」

研究室ではそう広くないスペースで五人ほどの研究員が作業をしていた。計と百合子、そして田辺がかつて研究員として作業をしていた、計にとっては思い出深い場所だ。

「じいさん！」

研究員たちの中心にいる藤井《ふじい》を見つけ、計は声を上げた。

「名前で呼んでください、社長」

藤井は穏やかな口調で答えると、ゆっくりした動作で頭を掻いた。藤井は研究以外のことには無頓着で社内では変わり者扱いされている男だ。年の頃は三十前半だが、研究員の中心的存在である。

「藤井さん、この二日くらい顔見なかったけど？」

計が今度はちゃんと名前で話しかける。

「忙しくて、ちょっと死んでました」

藤井が答えたその時、ようやく計の居場所を突き止めた渡部が慌てた様子で駆け込んできた。

「社長！　ワトソンの田辺さんが至急連絡をと」

計はうんざりした顔で「必要ゼロ」と、一蹴する。

渡部はそれ以上の説得を諦め、藤井の方へ向き直った。

「……君、若返りの薬ロミオはどこまで出来ているんだ！」

焦る渡部にお構いなしで藤井はゆっくりと答える。

「それが、実はロミオを作っている途中で別の薬が出来ちゃいました」

「別の薬だぁ？」

渡部がすっとんきょうな声を上げた。

「これ、少しだけ死ねる薬」

藤井は白衣のポケットから小さな瓶を取り出して見せる。

「出来たのか!?」

興奮気味に尋ねる計に、藤井はにっこりと微笑んだ。

「少しだけ死ぬ？」

それまで黙っていた松岡が口を開いた。

「一錠飲むと一度死にますが、ちょうど二日後に生き返ります。使用上の注意をよく読んで正しくお亡くなりください。ピンポン」

真面目なのかふざけているのかわからない調子で藤井が言った。

「ピンポン、じゃないよ！　何で死ぬ薬なんて作るんだ！　絶対売れないだろう。そもそも治験してみたのか？」

渡部は藤井に尋ねた。

「はい。新薬の治験はまず自分でしないと。そういう主義なんで」

藤井は当然のように答える。藤井の横で計が満足そうに頷いた。

「ホントに死んでたのか！」

渡部は藤井の手にある小瓶を眺めた。

「この薬の名前はジュリエット。ロミオとジュリエットで、ほら」

『ロミオとジュリエット』……言わずもがなシェイクスピアの名作だ。

藤井の自信満々のネーミングに、松岡は思わず「ダサっ！」と突っ込んだ。

「仕方ないよ、じいさんなんだから」

計は藤井をフォローする。

「変なもん作らないで早くロミオ作れロミオ！」

痺れを切らした渡部が、偉そうな口調で藤井を急かした。

「年のせいかちょっと疲れが溜まっちゃって、あと二日ほど死んだように寝てからでいいですか？　いや、寝てるように死んでからでいいですか？」

マイペースな藤井に「ややこしいから任せる」と計は労わるように頷いた。

「ではいってきます」

藤井は『ジュリエット』と名付けられた薬を一錠飲むと、ホワイトボードに「逝ってきます」と書いて、奥の小部屋に消えていった。

「おい、死んでないでロミオの研究しろ！」

渡部の声はもう藤井の耳には届かない。藤井は本当にもう一度死んだのだ。

藤井はどんな薬でも、自分で何度も試さないと気が済まない質《たち》で、そんな藤井を計は研究者として尊敬していた。若返りの薬が完成すれば、傾きかけている野畑製薬の経営を立て直すことが出来る。しかし、新薬開発を焦って実験と観察を疎かにすれば必ず問題が起こる。何よりも安全性を重んじるのが真の研究者だ、と計は藤井の姿勢から教わったのだ。


「ワトソン製薬には、田辺社長だけには先を越されてはいけないんだ」

計は社長室に戻るなり、渡部に向かって声を荒らげた。

「ワトソン社がロミオと同じ若返りの薬の研究内容を発表した以上、田辺と良好な関係を築くべき、さもないと若返りの薬の実用化は先を越されます」という渡部に計は反論したのだ。

ワトソン社が発表したのは間違いなく『ロミオ』の研究内容だった。つまり、野畑製薬にワトソン社と内通している者がいるのだ。

「早くスパイを暴き出さないと」

その方法を考えあぐねている計に、渡部が「ひとつアイディアが」と切り出す。

「なんだ」

「一度死んでみてはどうでしょう」

「死ぬ？　私が？」

「そうです。このジュリエットで」

渡部は研究室から持ち出した『ジュリエット』が入った小瓶を計の前に置いた。

「じいさんのあれか」

計は小瓶を手に取った。

「社長が死ねば、必ず、ワトソンの息のかかった奴らが動きます。それを観察すれば一網打尽」

「なるほど、まさに実験と観察ってわけだな」

「観察は私にお任せください。二日後、社長は生き返る。これは誰もやったことがない実験です」

「渡部君。君はやっぱり優秀だな」

「この秘密を知っているのは私と社長の二人だけ……善は急げ、死にましょう」

渡部は『ジュリエット』の小瓶を開ける。

「ちょっと待ってくれ」

計には気がかりが一つだけがあった。七瀬だ。もう何年もまともに会話をしていないといっても二人きりの家族。二日間とはいえ、計が死んだとなれば、七瀬は天涯孤独になってしまう。

「娘にはきちんと話しておかないと」

「いえ、敵を欺くにはまず味方からです」

渡部はきっぱりと言う。確かに、もし計の死が嘘だと内通者にバレたりしたら、それこそ無駄死にだ。

「そ、そうか……」

計は納得する。

「ではこれを」

渡部は計の決意が揺らがないうちにと、『ジュリエット』の小瓶を差し出す。小瓶には丁寧に使用上の注意が添えられている。

計は受け取ると、使用上の注意を声に出して読み始めた。たとえ、自社の薬でも説明書や注意書きはすべて目を通さないと気が済まない性格なのだ。

「あー大丈夫です。それ読まなくて」

渡部は計を急かすように注意書きを取り上げ、ゴミ箱に捨てようとする。

「それ捨てちゃダメだって。大事なこと書いてるのにみんな読まないんだよ」

計は渡部から注意書きを取り返すと、再び読み始める。

「そんな細かくいいですよ」

渡部が取り上げると「細かいところが大事なんだよ」と計が取り返す。そんなやり取りを繰り返し、渡部は強引に瓶を奪って一錠を計に渡す。計は使用上の注意を折り畳んで渡部に預ける。

「わかったよ。では、逝ってきます。生き返りづらくなるから、派手な葬式とかやらなくていいからな」

そう言って、計は『ジュリエット』を一錠飲んだ。途端に視界がぼやけ出す。

「あ！　逝かれる前にこの書類にサインして頂かないと！」

渡部はデスクに積み重なっている書類の山を指さす。

「死の間際まで仕事させるつもりか……」

計は何の書類か確認しないまま、必死にサインする。渡部はその書類を大事そうに折り畳むと、ポケットにしまい込んだ。

「うわ、なんだこれ」

計は自分の意思とは関係なく閉じてくる瞼《まぶた》の重みに驚く。開こうと思っても視界はどんどん狭まっていき、ついには完全に閉じる。途端に、小さい頃の七瀬や妻との思い出が次々と浮かびあがってくる。

「これが死ぬ時に見るという走馬燈か！　非科学的だ」

目を閉じたまま、計は感嘆の声を上げた。

計のこれまでの人生が早送りの映像のように次々と流れていく。研究所で百合子と出会った日のこと、七瀬が生まれた日のこと、家族三人でピクニックに行った日のこと、花火大会を見にいった日のこと、そして幼い七瀬が「水兵リーベ」の暗記歌を歌う姿。

「七瀬……」

計が感傷に浸《ひた》っていると、突如、ホステスあかねのセクシーショットが浮かびあがる。

「あ！」

計は慌てて身体を動かそうとするが、もう身体は思うように動かない。

「何でしょう？」

渡部が計に尋ねる。

「ラインの履歴消しといて……」

意識朦朧《もうろう》としながらやっとの思いで絞り出した計の言葉を、渡部は表情一つ変えずに無視して「それより……」と耳元でささやく。

「ロミオの研究データはどこに？」

「データはない。ハッキングされるからな。研究ノートに全てが……」

渡部は顔を歪め「研究ノート？　古い人だ」と毒づく。

「原始的だが一番安全だ」

「それはどこに！」

渡部は必死にノートの在りかを聞き出そうとする。

「あそこにパスワードをかけてしまってある」

計は人差し指でどこかを指し示そうとしているが、手はブルブルと震え、焦点が定まらず、どこを指しているのか分からない。

「あそこって？　パスワードは？」

渡部が矢継ぎ早に問う。

「妻に聞いてくれ……パスワードは一番大事なもの」

「一番大事なものって？」

　渡部は計の身体を激しくゆすり、起こそうとする。しかし「それは……」と言いかけたまま、計はがくっと崩れ落ちる。

　渡部は『ジュリエット』の使用上の注意が書かれた紙をなんの躊躇《ちゅうちょ》もなくぐしゃぐしゃに丸めてゴミ箱に投げ捨てた。そして計の脈を取り、死亡を確認してほくそ笑む。

「二十三日、十四時二分。ご臨終です」


　計は一度死んだ、のだ。

　松岡はロッカーの中から、すべてを見ていた。

　計が一度死んだことも、計の死後、渡部が不敵な笑みを浮かべていたことも、である。

　巻き戻すこと数十分前。

「失礼します」

　松岡は計に書類を届けに社長室へやってきた。いるはずの計がいないことを知った松岡は「ははーん」とロッカーを見る。計が閉じこもるのが好きなロッカーだ。松岡は「社長？」と勢いよくロッカーの扉を開けた、しかしそこに計の姿はない。代わりに、扉に貼ってあるものが松岡の目に入った。

　松岡はそれを見つめ、納得したように頷いた。

「だからロッカーが好きなのか」

見てはいけないものを見てしまったような気がした。これはきっと計だけの秘密で、とても大切なものであることは容易に想像がついた。だから、社長室に足音が近づいてきた時、松岡は咄嗟《とっさ》にロッカーに入って隠れてしまったのだ。

その後、社長室に入ってきた計と渡部が「一度死んでスパイをあぶり出す」という極秘計画を話し出すものだから、松岡は出ていくきっかけを完全に失った。

「どうしよう……」

目の前で死んでいる計が二日後に生き返ることを知っているのは、渡部と自分だけなのだと思うと、松岡はとてつもなく憂鬱な気分になった。

七瀬

「マジですかーーーーーーーーーーー！」


七瀬は野畑製薬の会議室で叫んだ。ライブ会場から駆け付けた七瀬はステージ衣装のゴスロリファッションのまま、役員のおじさんたちの前で立ち尽くす。

「残念ながら。そしてこちらが遺書です」

渡部が七瀬に書類を見せる。

「え……」

突然亡くなったのにどうして遺書があるのか、七瀬の中に一瞬浮かんだ疑問は、渡部の次の言葉で吹き飛んだ。

「新社長は私の娘・野畑七瀬とする。サポートは全て渡部に一任する」

渡部は遺書に書いてある計のサインを見せる。渡部が死ぬ直前の計にサインさせていたのはこの書類だったのだ。

「え？　私が、新社長？　無理無理無理！　やだ」

渡部は望んだ通りの七瀬のリアクションに満足そうに頷く。

「お嬢さんはショックを受けてらっしゃる。早く社長のもとに」

渡部は松岡に目線を送る。「は？　僕が？」と躊躇する松岡に「早く！」と、厄介払いするように渡部は語気を強める。

「社長なんかやらないって！」

七瀬は戸惑いながら松岡と一緒に部屋を出ていく。


「……ホント？　これ」

七瀬は社員食堂に安置されている計の遺体を前につぶやいた。計の顔には白い布がかけてある。七瀬には到底信じられなかった。

「本当です……先ほど、一度お亡くなりになりました」

「一度？」

七瀬は聞き返す。

「いや、一度……きりの人生を終えられました」

そういうことね、と、納得し七瀬は白い布に手をかけた。思い切ってめくるとそこには口をひょっとこのようにとんがらせて固まっている計の顔がある。

「何この顔……」

あまりに不自然な計の死に顔に七瀬は突っ込む。悲しみよりも先になんでこんな顔をして死んでいったのか……そういうことが気になり出すと止まらなくなる性格を思うと、やはり自分は計の娘なのだと実感する。

「死因は何なの？」

あんなに元気だったのに死ぬなんて信じられない。交通事故でも自殺でもない、突然死には何か理由があるはずだ。七瀬は計が死んだことのショックを誤魔化すかのようにいろんな考えを巡らせた。

「司法解剖をしましょう」

そうでもしなきゃ納得できない、と七瀬は思った。

「司法解剖？　そんなことしたら死んじゃう」

計が二日後に生き返ることを知っている松岡は七瀬を全力で止める。

「死んでるからするんじゃない！」

「いやそれはやめましょう」

「じゃあ、なんで死んだのよ！　こんな変な顔で」

「……君があんなに死ねって言ってたからだよ」

松岡は絞り出すように言った。計を本当に殺さないための苦肉の策だが、この言葉に七瀬は「え……」と固まった。

「言霊ってあるんだよ！　言葉の力ってすごいんだよ！」

松岡は畳み掛けるように言葉を重ねる。

七瀬は黙り込んだ。

百合子が亡くなって以来まともな会話はなくて、顔を見れば反発してきた。ライブ中は、計の顔を思い浮かべて「死ねばいい」と歌い、「死んでくれ」と叫んだ。でもそれは絶対に死なないという前提があるから言えることだった。現実に死を前にした人には「死ね」とは言えない。七瀬は必死に心の中で言い訳をしていた。でも、計は死んだ。

「言霊……」

松岡の言う通り、自分のせいかもしれない。

松岡は落ち込む七瀬を残して、食堂を出ていった。

七瀬は計のひょっとこ顔を見つめた。顔色は青白く、固まったまま動かない。手を見る。見慣れた手だった。ゴツゴツしているけど長い指、紛れもなく父の手だ、と七瀬は思う。七瀬は思い切って計の手に触れる。

「冷た……」

その冷たさに七瀬は計の死をようやく理解した。

「本当に死ぬなよ」

声を絞り出す。

「何死んでるのよ……なんで最後まで自分勝手なのよ!?　クソオヤジー！！！」

涙が、七瀬の頬を伝い落ちる。

不意に七瀬の真横から、死んだはずの計がぬうっと顔を出した。

遺体と同じ、青白くてひょっとこ顔の計が動いているのだ。

「うぇーー！」

七瀬は叫んだ。

確かに計だ。けど、計の遺体は目の前にある。

ということは……これは、幽霊？　七瀬は遺体と幽霊の計を見比べる。

幽霊の計は七瀬に「見えるのか？」と言わんばかりに近づいてくる。計の口は何か言ってるかのように見えるが、七瀬はそんなことを考える余裕もなく逃げ惑う。

「うぇーうぇうぇうぇ!!」

計

「わ、死んでるよ俺」

食堂に安置されている自分の遺体を、幽霊の計は天井から見ていた。計の魂は、肉体を離れ、空中をさまよっているのだ。幽霊の計は、死後の世界って本当にあるんだな、などと呑気につぶやきながら観察を楽しんでいた。

「いらっしゃいませ」

不意に声をかけられ振り返ると、幽霊の計の横にシルクハット姿の男が立っていた。正確には、その男も計と同じように宙に浮いている。

「誰だお前！」

計は警戒しながら尋ねた。

「こんにちは、お元気ですか？　私は死んでます。あの世へお連れする案内人の火野《ひの》です」

火野と名乗る男は、穏やかな口調で自己紹介をするとシルクハットを持ち上げて、紳士的な挨拶をした。

「非科学的だ」

自分の置かれている状況がすでに非科学的であることを忘れ、計は火野の言葉を否定する。

「さあ、三途の川へ」

火野は計の手を引き、スマートフォンを出すと「今から行きます。ボート一艘お願いします」と、三途の川を渡る手配をする。

「いや、二日で生き返るから」

計は火野の手を振りほどいた。

「なにバカなこと言っちゃってるのこの人。年末忙しいんだから早めに行くよ」

火野はもう一度計の手を摑《つか》むと、無理矢理三途の川へ連れていこうとする。

「行かないって！」

計は火野の手をもう一度振りほどいた。口をとがらせて抵抗する計の顔は、死に顔のひょっとこ面と同じ表情である。突然死の場合、計のように駄々をこねる人も多いのだろう。火野は慣れた様子で計をなだめながらうまくボートへと誘導した。

鬱蒼《うっそう》とした森の中に、三途の川は流れていた。幅が二十メートルほどの大きなその川は、底が見えないほど暗い水の色からその深さが窺《うかが》える。穏やかに流れる川面からはうっすら霧が立ち込め、生命の息吹は全く感じられない。

「これが三途の川か」

火野によって無理矢理ボートに乗せられた計は、三途の川の観察を楽しんでいた。火野がオールでボートを漕ぎながら「右手をご覧ください、死後の世界です」と説明をする。

「そっち左手ですよ、そういう場合は私から見た右手側を示さないと」

計が突っ込む。

「細かいね、あんた」

火野は漕ぎ続けた。

計は逆方向に手で水を掻いて抵抗する。

「なにすんの！」

「俺、あっち行かない」

計は手で必死に水をかき、抵抗する。

「もう諦めろ！」

火野が負けじとオールを回し続ける。二人の力は拮抗し、ボートは完全に川の途中で止まった。ふと人の気配を感じ、計が岸に目をやると、そこに見覚えのある女性が立っていた。

女性は計たちに向かって大きく手を振っている。計が目を凝らして見た次の瞬間、「あ！」

と声を上げた。

五年前に死んだ妻・百合子が、生前と同じ姿でそこに立っていたのだ。

「百合子っ！」

計は思わず立ち上がり手を振る。ボートが大きく揺れ、火野は慌てて計を座らせた。

「久しぶり、元気か！」

計は船から身を乗り出し、百合子に向かって大声で叫ぶ。

「相変わらず死んでるわ！」

百合子が大きく手を振り微笑んだ。

懐かしい声だった。明るくて歌うように話す百合子の声が計は好きだった。

百合子は、赤いノースリーブのニットに白のロングフレアスカート姿で立っている。それは百合子のお気に入りの服装で、計が作った３Ｄホログラムの百合子と同じ服装だった。百合子は生前と変わらず、若く美しいままだ。

「俺も元気だけど死んだ！」

「どっちよ」

はちゃめちゃな会話に、計と百合子は見つめ合って笑った。

五年ぶりの夫婦の再会に、火野もボートを漕ぐ手を止める。

「会いたかった！」

計が叫ぶ。心からの叫びだった。最期を看取ることも出来ず、別れの言葉も交わせないまま逝った妻が、いまそこにいるのだ。

「会いたかったけどまだ会いたくなかったわ」

百合子が答えた。

「よくわかんないな、会話が」

火野が夫婦の会話に突っ込む。

「二日だけ実験で死んでみた！」

計は百合子を安心させるために告げるが「は？　また実験？」と百合子は呆れる。

「ま・さ・に！」

昔とちっとも変わらない計の口癖にへきえきとした表情で百合子は尋ねる。

「七瀬にはちゃんと話してきた？」

死んだ計よりも百合子の気がかりはやはり七瀬だ。計がここに居るということは、一人娘の七瀬は、二日間とはいえ天涯孤独の身だ。

「いや話しては……」

口籠もる計に、百合子はムッとした表情で叫んだ。

「あなたいつもそうじゃない！　話さなきゃ伝わりっこないでしょ！」

「二日だけだから」と言い訳する計に百合子は「あなた今死んだらぶっ殺すわよ！」と釘を刺し、姿を消した。百合子の剣幕に計は呆然とする。

「怖いな奥さん……」

「ほら、殺されちゃうよ、今死んだら」

だからまだ死ねない。

計は、駄々っ子のようにボートを激しく揺らして再び抵抗する。二人を乗せたボートは左右に大きく揺れ、火野はバランスを崩して川に落ちそうになる。

「やめろ！」

火野が叫ぶ。

「だからまだ川渡れないんだって！」

計はさらに激しく船を揺らす。

「なんかわかんないけどわかったよ！　二日だけだよ！」

三途の川から戻った幽霊の計は、自分の遺体が安置されている食堂の天井に浮かんだ。食堂では七瀬と松岡が計の遺体に対面しているところだった。いつになく神妙な面持ちの七瀬を見て、計は胸が痛んだ。反面、顔を合わせればケンカばかりの娘が自分の死を悲しんでいることが嬉しくもあった。

松岡が食堂を出ていくと、一人きりになった七瀬を幽霊の計は天井から見つめた。

七瀬が計の遺体に向かって叫んだ。

「何死んでるのよ……なんで最後まで自分勝手なのよ!? クソオヤジー!!!」

七瀬の頬を涙が伝う。いたたまれなくなった幽霊の計は七瀬の隣に立つ。話しかけても七瀬に聞こえないことは分かっている。でも、俺は死んでない、大丈夫だぞ、と伝えたくて思わず七瀬に顔を近づけ、呼びかけた。

「クソオヤジです」

すると、七瀬は「うぇーー!」と叫び、逃げ回った。

「見えるのか!?」

幽霊の計は七瀬を追いかける。

「おい、見えるのか!? 七瀬、俺だよ、死んでないんだ」

幽霊の計は七瀬に事情を説明しようとするが、パニック状態の七瀬は「うぇーうぇうぇうぇ!!」と奇声を上げ、幽霊の計を追い払おうとする。

「七瀬、聞いてくれ、これは実験で、二日で戻るから……」

幽霊の計は懸命に叫び続けるが、七瀬は逃げ惑う。計の姿は見えても声は聞こえないのだ。

「臭っ！　象の糞の匂い」

七瀬の言葉に、幽霊の計は「え？」と、自分の身体の匂いを嗅いでみる。

「臭くないって」

問答無用とばかりに、七瀬はどこからか持ってきた消臭スプレーを幽霊の計にぶっかけた。


幽霊の計は火野と一緒に野畑製薬の社屋の屋上に腰掛けていた。屋上からは街の灯りが一望できる。研究に疲れた時、ここで一休みするのが計は好きだった。

「親子にしかわからない匂いってあるんだよ」

七瀬に「臭い」と言われた話をすると、火野が答えた。じゃあ象の糞の匂いが自分の匂いだと言うのか……計は複雑な気持ちでもう一度自分の匂いを嗅いでみたが、自分ではよく分からなかった。

「よくある話だよ、匂いを感じた時にその霊の姿が見えることがある」

「だから七瀬には見えたんだ」

確かに消臭スプレーをかけられた途端、七瀬は幽霊の計が見えなくなったようだった。

象の匂いとは認めたくないが、親子にしか分からない匂いを七瀬が感じ取ってくれたことが計は嬉しかった。

「そうでしょうね。ただし、もう声は届かない」

火野は付け加えた。そこにいるのに話せない、そうなってみて初めて、計はとてつもない後悔をしていた。

「……もっとちゃんと話しておけばよかった」

自分に言い聞かせるように、計はつぶやいた。

「みんなそういう思いを抱えたまま川を渡るんでしょうね、あの川はいろんな人の声が流されているんだ」

火野は遠くに光る街の灯りを見たまま静かに言った。

「なんで生きてる時に気づけないんだろう」

「そんなことだらけだよ。失って初めて気が付く、気が付いた時にはもう遅い。大事なものほどそう。いつでもできると思ってることって、いつでも急にできなくなる。人間ってなんで前もって後悔できないんでしょうね」

この人もそうだったのかもしれないな……火野の言葉を聞きながら計はぼんやりと考えていた。

昼間見た七瀬の涙を思い出す。

顔を合わせればケンカばかりしていた七瀬が、計の死を悲しみ、泣いた。

二日間だけの死とはいえ、七瀬がいまどんな気持ちでいるのかと考えただけで、計は胸が張り裂けそうになった。

「死ね」と言う七瀬の、言葉の裏にある気持ちにどうして気づいてやれなかったのか。どうしてもっと言葉を交わさなかったのか。

どうして、どうして……。

計は深い後悔を吹き飛ばすように前を向いた。

二日後、絶対に生き返る。

そして七瀬とちゃんと話をしよう。

目の前に広がる夜景が、さっきよりも少し色づいたように計には見えた。


松岡は、渡部を探していた。

計が死んだのは薬のせいで、二日後に生き返ることをちゃんと七瀬に伝えるべきだと説得しようと思ったのだ。

松岡が社長室に入ろうとすると、渡部が電話で話をしながら出てくる。

「あ……」

渡部は存在感のない松岡をスルーし、電話で話し続けた。

「ええ、あのデスデス女を担ぎ上げました」

「デスデス女」という言葉に反応し、松岡は渡部の後をついていった。

渡部は松岡の存在に全く気づかずに話しながら歩いていく。

「すぐ役員会で合併を決めてしまいます」

松岡は「え……？」と立ち止まる。

合併は計が最も避けようとしていたこと、なのに、なぜ？

松岡は混乱した頭の中を整理し始めた。

スパイをあぶり出せるかもしれないと計に薬を飲ませた渡部が、ワトソン製薬の内通者？

だとしたら……。

松岡は、計の遺体が安置されている社員食堂へと急いだ。

七瀬

七瀬は社員食堂で幻覚と戦っていた。

「うぇー、あっち行け！　あっち行け！　口パクパクするな！」

正確には幻覚ではなく、計の幽霊を必死に追い払おうとしているのだ。幽霊の計は口をパクパク動かし、何か伝えようとしているが、その声は七瀬には届かない。

食堂へ戻った松岡はそんな七瀬を奇異の目で見る。

「ついにおかしくなったか……やばいなこれ」

松岡に計の姿は見えないのだ。

「臭っ！　象の糞の匂い」

七瀬はどこからか取り出してきた消臭スプレーを、幽霊の計めがけて噴射する。

途端に、計の姿は消えた。

「消えた!?」

七瀬はキョロキョロと辺りを見回す。

「……誰と話してたの？」

松岡が七瀬に尋ねる。

「いた、いたんだって！」

「誰が？」

「クソオヤジ！　いたって！」

幻覚じゃない、計が確かにここにいたのだ。七瀬の力説に松岡は考える。

「……二日だと成仏しないのかな」

松岡が独り言のようにぼそりとつぶやいた。七瀬はその言葉に引っ掛かりを覚える。

「は？　二日って？」

「いや、何も」

「何か隠してない？」

「ううん、全然、別に、何も……」

松岡は七瀬から目を逸らした。

あやしい。

ずっとおかしいと思っていた。あんなに元気だった人が急に亡くなるなんて。しかも社長の遺体を食堂に安置するなんて。さっき見た幽霊にも関係があるのかもしれない。いや絶対にある。何かあるに違いない。

七瀬は何やら思い付き、松岡をじっと見る。

「……あれ、あんた今首苦しいでしょ」

「え？」

「やめて、お父さん！　この人の首絞めるの！」

もちろん嘘だ。

七瀬は、松岡の首を絞める幽霊の計を止めるという設定で、迫真の演技をする。

「嘘つきは呪い殺すって。あ、首絞め出した！」

松岡は見えない敵を追い払うように、体をくねらせる。

「え！　やめてください社長！　ほんとのこと言います！」

「言いなさい、早く！　死んじゃうよ！　ほら！」

「はい！　実は……見たんです！」

松岡は、社長室の計のロッカーに思わず隠れてしまったこと。そこで見たことを七瀬に全て打ち明ける。

「はあ!?」

スパイをあぶり出すために『ジュリエット』を飲んで、計が二日間だけ死んでいることを知った七瀬は、安堵と怒りで頭が混乱する。

「実験!?　二日で生き返る？　しかも若返りの薬のため？」

完全に騙《だま》された。不覚にも流してしまった涙を悔いるように七瀬は叫んだ。

「最低！　まんま死んでろ！」

七瀬は計の遺体に背を向け、ずんずんと歩き出す。

「ちょっと待って！　これには陰謀の匂いが！」

「匂い！　こいつの実験にはもううんざり！」

七瀬は持っていた消臭スプレーを、松岡の顔に思いっきりぶっかけた。むせる松岡にお構いなしで七瀬は噴射し続ける。

「お母さんほっといて若返りの薬を研究してたとか絶対に許さないから。クソオヤジ！」

七瀬は憤然と歩き出し、食堂を出ていった。


翌朝、自宅で目覚めた七瀬はぼんやりとサンドバッグに貼ってある計の似顔絵を見つめた。いつもなら、計に対する怒りをサンドバッグにぶつけるところだが、今朝はそんな気分にもなれなかった。

部屋を出ると廊下に貼られた赤い境界線が目に入る。トボトボと赤い線の上を歩き、階下に降りた。キッチンに目をやる。毎朝、朝食を作ってくれる計の姿はない。

七瀬は自分で朝食の準備を始めた。計と同じようにレシピを見ながら味噌汁を作り、目玉焼きを焼く。

七瀬は幼い頃のことを思い出す。父と母と三人で食べる朝食が七瀬は好きだった。トーストの日、計はピーナツバターとチョコレートを綺麗な千鳥格子の模様に塗ってくれた。ごはんの日に、「お米はお餅にならないの?」と尋ねた七瀬のために、計はお米をついてお餅が出来るかという実験をしてみせた。結果はもちろん失敗で、ついたお米で母が作ってくれたおかゆを笑いながら食べた。おかげでその日は七瀬も計も遅刻をした。

化学の授業になってしまう花火大会や、会話代わりの元素番号ごっこも、普通の家庭とは違っていたかもしれない。けど、七瀬たちにとってそれはごく普通の幸せだった。

七瀬は出来上がった食事をテーブルに並べ、席についた。計が作るような綺麗な正円には程遠い不恰好な目玉焼きに、駒込ピペットで醤油を垂らす。

思えば、一人で朝ご飯を食べるのは初めてのことだった。

計はどんなに忙しくても、ケンカをしても朝食だけは必ず作ってくれた。それは言葉が足りない計の精一杯の愛情表現だったのかもしれない。

いつも計が座っている席を見る。そこに計がいてくれるような気がして、七瀬は鼻をクンクンとさせて匂いを嗅いだ。

「臭くない」

自分の意思とは関係なくため息がこぼれた。同時に「陰謀」という松岡の言葉を七瀬は思い出していた。

今夜はクリスマスイブだ。

そんな日の前日に、計が自分を残して、自ら死ぬだろうか。

七瀬は自分の中に浮かんだ小さな疑問がどんどん膨らんでいくのを感じていた。

計

　社長不在でもいつも通りに稼働している社内を見て、計は苛立っていた。七瀬の涙を見た時には、二日だけ死ぬという自分の暴挙に罪悪感があった。しかし、社長の訃報よりも、遺体が安置されているせいで食堂が使えないことに文句を言う社員たちの本音を知り、罪悪感よりも苛立ちがこみ上げてきたのだ。

「俺よりも昼飯の心配か」

　幽霊の計は、恨めしそうにぼやいた。

「現実はこんなもんだ」

　火野が幽霊の計の肩をポンと叩く。

　火野の言葉に妙に納得がいくのは、火野が生前、探偵をしていたと昨晩聞いたせいだった。おそらく、人間の裏も表も、酸いも甘いも経験した男なのだろう。死にたくないとごねる霊たちの話を聞いた上で、説得して三途の川を渡らせる。そんな水先案内人にこの男は適任なのかもしれない、と計は思った。

計は気を取り直して、役員会が行われている会議室へと向かった。

社員の本音を盗み聞くために二日だけ死んだわけではない。ワトソン製薬のスパイをあぶり出すという、本来の目的を果たさなければならないのだ。

「で、ぶっちゃけ香典いくらにします？」

幽霊の計と火野が壁をすり抜けて会議室に入った途端、役員たちのそんな会話が耳に飛び込んできた。自分の葬儀の話であることは、計にもすぐにわかった。

「横並びの五千で。年末は出費も多いし」

悲しみなどみじんも感じられない会話に計はムッとする。

「故人ってもっと敬うもんだろ……もう少し悲しんだりしないもんかね」

「意外とね」

悟ったように火野が頷く。

「役員の皆さん、社長亡き今、ワトソン製薬との合併の件についてですが……」

遅れて入ってきた渡部が口火を切る。

「お、ついに本題に。これで内通者が分かるはずだ」

計は役員たちの顔を順々に眺めた。心なしかみんな緊張した面持ちで渡部を見ている。

「とりあえず進めるってことでよろしいですか」

渡部は当然のようにサラッと言う。

「どっちでも」

長年、役員を務め、計の右腕として仕えてきた宇崎が代表で返事をした。

「そうそう」

宇崎の隣に座っている役員も、早く終われと言わんばかりに頷く。

「はあ？」

合併に当然反対してくれると思っていた役員たちの発言に、計は耳を疑う。

「では進めます。天国の社長もきっと喜んでらっしゃると思います」

渡部は声のトーンを抑え、わざとらしく神妙な顔をする。

「喜んでねえよ！」

幽霊の計は渡部に突っ込む。しかし、その声は渡部の耳には聞こえない。

「ね、社長」

渡部は計がいるのとは真逆に顔を向け、天を仰ぐように見つめる。

「そっちじゃねえよ」

幽霊の計は、ぐっとこぶしを握り、渡部の前に立つ。

「渡部……お前」

計は、渡部こそがワトソン製薬のスパイなのだと確信する。

思えば、いつもワトソン製薬の田辺からの連絡を取りついでいたのは渡部だった。経営不振の野畑製薬を立て直すために銀行から派遣されてきた行員であるということ以外、渡部の素性をよく知らないことに今さらながら気づく。計は、そんな部外者を疑いもせずに信じていた自分にも腹が立った。

「でも社長、化けて出るかも」

役員の一人が言い出すと「そうそう」と他の役員たちも頷く。

「合併に反対してたからなあ、意外とネチネチしてるからあの人」

計がいないのをいいことに宇崎が軽口を叩く。

「ネチネチ!?」

幽霊の計は宇崎を睨んだ。

「今もこっそり見てそう」

「見てますよ〜」

火野が役員たちに相槌を打つ。もちろん誰の耳にも届かない相槌だ。

「ま・さ・に」

宇崎が計の物まねで答える。

「お化けなんていません。非科学的な！」

渡部も計の物まねをするが、その悪乗りを、役員たちは白けた目で見ていた。

「ってことで合併はなしで、解散！」

宇崎の締めの言葉に役員たちは席を立ち、ぞろぞろと会議室から出ていった。

役員たちは口では計の悪口を言いながらも、計が守ってきた会社の方針を変える気など毛頭ないのだ。

「ちょっと待ってくださいよ！」

渡部は役員たちを追いかけて会議室を後にした。


役員会議を終えた渡部は、まっすぐに社長室へと向かった。計が残した若返りの薬『ロミオ』の研究ノートを探すためだった。合併の同意が得られない今、『ロミオ』の研究ノートを盗み出す以外、ワトソン社に勝ち目はない。

渡部の後を追ってきた計と火野が社長室に到着すると、渡部は計のデスクの引き出しを片っ端から漁《あさ》っているところだった。

「ヒドイ会社ですね」

火野がつぶやく。

その時、渡部の携帯が鳴る。ワトソン製薬の田辺からだった。渡部が役員会議で合併の承諾が得られなかったことを手短に説明すると、電話口からは「どうするつもりだ!?」という田辺の怒号が響いた。

「研究ノートを必ず手に入れます！」

渡部はノートを探す手を止めずに話し続ける。

「渡部」

電話口から田辺の低い声が響く。

「はい」

「死んでる人間を殺しても、殺人にはならないよな」

田辺はしっかりとした口調で言った。

渡部は手を止め、しばしの間を置いて答える。

「はい」

幽霊の計は、渡部の口車に乗せられて死んだことを、激しく後悔していた。

七瀬

七瀬は、「陰謀」の意味を松岡に確認するため、野畑製薬に来ていた。

社屋に入ってすぐの掲示板の前に出来た人だかりを覗くと、掲示板に「社葬のお知らせ」が貼られていた。

「!?」

七瀬は人だかりをかき分けて、掲示板の貼り紙の前に立った。

『告別式は行わない。十二月二十五日午前十一時より火葬』

掲示板を見ている社員たちが「告別式やらないのか」「寿司食えないね」「クリスマスやることないから告別式行きたかったなあ」などと勝手なことを話している。

七瀬はそれが計の葬儀であることをようやく理解した。

「何これ」

七瀬は日付を何度も確認する。

「どうしたの?」

いつの間にかそこに立っていた松岡が七瀬に声をかけた。

気が付けばそこにいる、それがゴースト松岡の特技なのだ。

「あんたの勘、当たってるかも」

七瀬は掲示板を見たままつぶやいた。松岡も掲示板に目をやる。

「十一時に火葬？　社長が死んだのは十四時二分だから……これ生き返れないよ！」

松岡が声を上げる。

「でも自業自得ね」

七瀬は尖った声で言い捨てると、歩き出した。

「え、助けないのか？」

松岡は七瀬の後を追う。

「助けないわよ！」

七瀬は大声で言い放つと、無意識に耳たぶを引っ張った。

「ちょっと待てよ！」

自動ドアから出ていく七瀬に続いて、松岡も出ようとするが自動ドアは閉まり、そのまま開く気配がない。自動ドアが感知しないほどの存在感のなさに、通りかかった清掃のおばさんも感心したように松岡を見た。

会社を出た七瀬は一人行く当てもなく歩いた。何が起きているのか、どうやったら計を助けられるのか分からず、頭の中はぐちゃぐちゃに混乱していた。

「野畑七瀬、二十一歳！」

聞いたことのないような松岡の大声を背中に聞き、七瀬は思わず立ち止まった。

松岡は七瀬に駆け寄る。

「デスデス言ってるだけでデスメタル？　それじゃただの遅れてきた反抗期じゃない？」

道行く人の視線を気にして、七瀬は足早に歩き出す。松岡もついていく。

「あんたモテないでしょ」

松岡の突拍子もない質問に、七瀬はさらに加速して大股で歩を進める。

「彼氏いない歴二十一年、図星でしょ」

バカにしたような松岡の挑発に「彼氏くらいいたわよ！」と七瀬は振り向いた。

無意識に耳たぶを引っ張りながら答える七瀬に、松岡は突っ込む。

「で、嘘をつく時は耳を引っ張る癖がある」

自分でも気づかなかった癖を松岡に見抜かれ、七瀬は慌てて耳から手を離した。

「本当は助かって欲しいと思ってる」

「思ってない！」

七瀬は思わず立ち止まり、松岡を振り返った。

「ホント大っ嫌い！」

七瀬は再び耳たぶを引っ張る。

「耳、千切れちゃうよ」

「千切れないし」

何に対するイライラなのか自分でも分からない。助けたいのか、死んで欲しいのか。そんなことじゃない、自分が苛ついているのは素直になれない自分に対してなのかもしれない。

そんな七瀬のぐちゃぐちゃな気持ちを察するように、松岡は穏やかな口調で言った。

「僕は社長の情熱半端ない感じ好きだよ」

素直な人だな、と七瀬は思う。弱そうに見えて自分を持っている。もしかしたら自分なんかよりもずっと多く計と会話をしていたのかもしれない。

「じゃあ、あんたが助けてやればいいでしょ」

七瀬は再び歩き出す。

「面倒くさいやつだなあ」

ずんずんと先を歩く七瀬を、松岡は追いかけていく。

「社長はあの薬を飲む前に、君と話したがっていたよ！」

「何をよ」

「聞きたいなら生き返らせて本人から聞け。このタヌキ女」

聞きたい、なのに「私、ネコに似てるって言われる」とか「タヌキもネコ？」とか余計なことばかりが口をついて出る。

そんな七瀬に素直になれと言わんばかりに松岡が叫んだ。

「おいネコタヌキ！　まだ社長に言いたいことあるんだろ！」

少し先を歩いていた七瀬は松岡を振り返った。

そうだ、死んで欲しくない。会いたい。会って話したい。どうして勝手に死んだのか。どうして大事なことを何ひとつ言ってくれなかったのか。どうして私を一人にしたのか。

「たくさんあるわよ！　生き返らせて死ぬほど文句言ってやる！」

松岡の眼鏡の奥にある瞳がにやっと笑った。

「作戦立てるぞ。ネコタヌキ！」

「威張るなゴースト！」

七瀬は松岡とハイタッチを交わした……瞬間、二人の間にバチッ！　と強い電流が走る。

「ぎゃ！」

七瀬は思わず手を引っ込めた。

「あ、よく静電気野郎って言われます、すみません」

強烈な静電気にまだ驚いている七瀬に、松岡は思い出したように謝った。

七瀬と松岡は、七瀬のバイト先「ちゅーか地獄屋」で作戦会議を始める。

中華料理屋なのに、店内はクリスマス仕様に装飾され、店長の閻魔さんも張り切ってサンタのコスプレをしているが、店は閑古鳥が鳴いている。秘密の作戦を立てるにはもってこいだった。

「亡くなってから二日後が二十五日の十四時二分。火葬をこれより先に延ばす」

「どうやって?」という七瀬の問いに、松岡は考え込んだ。

社葬の日時を延期するためには何か説得力のある理由を作らなければならない。松岡は何かひらめいたように七瀬を見た。

「君、演技出来る?」

「出来るわよ」

七瀬が耳たぶを触りながら答えたことに松岡は一抹の不安を抱いた。

その不安は見事に的中した。

「えーんえーん」

野畑製薬の会議室で、七瀬は小学校低学年の学芸会レベルのウソ泣きを演じた。本人は至って本気、真剣そのものだが、そのわざとらしい芝居に役員全員がどうリアクションしていいかわからず、困惑していた。

「せめて告別式はやりたいえーん」

七瀬は、自信を持って演じ続ける。

「最低の演技だ」

松岡はそうぼやきながらも、役員たちが七瀬を無視できない状況になっていることを好機と感じていた。

「そ、それくらいしてあげましょうよ」

見かねた宇崎が、渡部に向かって声をかけた。渡部は七瀬の涙がウソ泣きなのか、それとも父の死で頭がおかしくなったのか判断しかねている。

「えーん!!」

迷う渡部に追い打ちをかけるように七瀬が泣き声を上げる。他の役員も「告別式はやりましょう」と言い始める。

「分かりました」

渡部が仕方なく頷いた。途端、七瀬はケロッと泣き止んで立ち上がり「ななせ、嬉しい！」と0円スマイルで微笑んだ。

七瀬は会議室を出る際、入口付近にいた渡部の耳もとでささやいた。

「お父さん、本当に死んだのかな」

渡部はギョッとして七瀬を睨む。

七瀬は渡部を振り返りもせずに人差し指を天に突き上げ「デスポーズ」で宣戦布告した。

計の命が懸かった戦いが始まったのだ。


七瀬は都内の老舗「クラウンホテル」に来ていた。

告別式の会場を探すために、七瀬は街を歩き、松岡は電話とインターネットで空き状況を確認していた。しかし、都内近郊、どんな小さい葬儀場でも、と探したが無駄だった。ワトソン製薬に先手を打たれている、と七瀬は悟った。実際、田辺と渡部がどの会場も告別式が出来ないように予約を入れていたのだ。

そこで、バンドメンバーの桃子が大好きな大物歌手のディナーショーが中止になった話をしていたことを思い出した七瀬は、会場に予定されていたこのホテルの宴会場で告別式をしようという暴挙に出たのだ。

「はい、空いております。クリスマスのディナーショーが飛んでしまいまして」

太田《おおた》と名乗る男が、物腰柔らかな口調で対応する。見た目は若いが、胸元の名札には『支配人』と表記されている。

「お借り出来ますか？」

渡部に気づかれる前に何とか会場を予約したい七瀬は食い気味に尋ねた。

「ご利用目的は？」

支配人はペースと笑顔を崩さずに聞き返す。

「葬儀を……」

と言いかけて、七瀬はハッとする。ホテル側が宴会場を葬儀に貸してくれるはずがない。案の定、支配人は顔を曇らせ「葬儀はうちでは……」と言葉を選んで断ろうとしている。

「あ、いえ、ライブです。デスメタルバンド・魂ズのクリスマスミサ」

支配人は聞いたことのないバンド名に困惑しながらも、ディナーショーの穴が埋まるのならば、と七瀬の予約を受け付けた。

ミサをやると決めた七瀬は、早速バンドメンバーに招集をかけた。

いつも集まっていた喫茶店の店内には大きなクリスマスツリーが飾られている。店員もサンタの帽子を被って楽し気なのに、七瀬たちのテーブルは重い空気が流れていた。

「もう諦めるって言ったじゃん」

桃子は「もう一度だけ、ライブをしてほしい」と頭を下げる七瀬に批判を込めて言った。桃子が怒っているのには理由があった。

七瀬とメンバーの間にちょっとしたいざこざがあったのだ。

メンバー全員が大学三年生で構成されている『魂ズ』は、今年中にデビューできなければ解散と決めていた。どこの音楽会社からもデビューの声がかからないまま迎えたラストライブの控え室で、桃子たちが就職活動をしていることを、七瀬は初めて知った。

「就活の片手間にバンドしてたわけ？」

本気でデビューを目指していた七瀬は、桃子たちを批判するような口ぶりで問い詰めた。

「でたー！　社長令嬢」

桃子も負けじとやり返す。

それまでも「お嬢」とか「もしデビューできなくても将来安泰」などと冗談で桃子たちに言われたことはあった。しかし、流せないタイミングで桃子が吐いた言葉に、七瀬は「は？」とかみついた。

「死ぬほど会社回って一つも内定もらえない人だっているんだよ！」

就活生の心からの叫びに、ほのかと念持も頷いた。

「ねぇ、それって本当にやりたいことなの？」

生命保険会社に就職を希望しているという桃子に、七瀬は尋ねた。

生命保険会社に就職したいなんて、今まで一度だって桃子の口から聞いたことはなかった。

だから純粋に聞いてみたかったのだ。

七瀬の問いかけに、桃子は顔をこわばらせて言った。

「じゃあ聞くけどさ、七瀬の本当にやりたいことって何よ？」

七瀬は答えることが出来なかった。


「この通り、もう一回だけやってくれない？　本当のラストライブ」

七瀬は、桃子、ほのか、念持の三人を前に頭を下げた。七瀬の事情を知らないメンバーたちは困惑して顔を見合わせた。

「もうついていけないわ」

桃子が席を立つと、「ごめん」とほのかも申し訳なさそうに謝った。

「俺、履歴書買いにいかなきゃ。鉄道会社の試験、もうすぐなんだ」

念持も席を立つ。卒業後にほのかと結婚の約束をしている念持も、必死に就職活動中なのだ。念持とほのかは連れ立って店を出ていく。

七瀬は一人テーブルに取り残された。

クリスマスミサを諦めるわけにはいかない。

ライブに見せかけた告別式をして、火葬の時間を遅らせなければ、計の遺体は焼かれてしまうのだ。

一人でもライブはやらなければならない。

七瀬は目の前の冷めたコーヒーを一気に飲み干すと、勢いよく立ち上がった。


七瀬は、告別式の準備を進める。

まずは、社内に配る告別式の案内状を作成する。計が生き返るのは十四時二分。火葬をそれよりも遅らせるため、告別式は十三時開始にする。次に告別式の会場となるクラウンホテルの飛天の間をライブ会場仕様にするため、松岡と一緒にセッティングを始めた。

「これ二人じゃ無理でしょ」

気の遠くなるような数の椅子を並べながら松岡がぼやく。七瀬は黙々と椅子を並べている。それ以上何も言うなという空気を出す七瀬を見て、松岡は黙って手を動かした。

バンドメンバーと七瀬の間に何かあったことは、七瀬が自分一人でライブをすると言ったことで察した。

「あ」

七瀬は思い出したようにスマートフォンを出すと、通販サイトで棺おけを検索した。サイズ、デザイン、さまざまな棺おけが出てくる。

「すごいよな、今はネットで棺おけも買える」

松岡が七瀬の手元を覗き込む。

「でも、全部売り切れだよ」

よく見ると、全て「売り切れ」の表示が出ている。

「うそ、売り切れるわけないでしょう！」

七瀬は松岡に叫ぶ。

「俺に言われても。ワトソンの仕業だよ。今ごろワトソン社は棺おけで溢《あふ》れかえってるだろうね」

七瀬は途方に暮れ、並べていた椅子に座り込んだ。棺おけが売り切れていたことよりも、仲間だと思っていたメンバーにライブを断られたショックを引きずっていた。

『魂ズ』は、百合子の死後に七瀬と桃子が中心になって結成したバンドだった。母を亡くした絶望から立ち直れたのは、バンドがあったからだ。悲しみ、怒り、心にあるモヤモヤしたもの全てを吐き出せる場所がステージだった。

そんな七瀬をバンドのメンバーたちは受け入れてくれた。

けど『魂ズ』はもうない。


「当日お届け便でーす」

会場の入口から大きな棺おけが入ってきた。

買えなかったはずの棺おけが届いたことを不思議に思い、七瀬は松岡の顔を見た。その時、棺おけの後ろから、桃子、ほのか、念持が顔を出す。

「あっ」

七瀬はその棺おけが『魂ズ』のライブで使っていたセットであることに気づく。

「どうして？」

桃子たちがそれを運んできてくれたのか、七瀬にはさっぱり分からなかった。

「聞いたわよ、そこのゴーストさんから」

ほのかが松岡を見る。松岡はしたり顔で七瀬を見た。松岡が事情を話して、計の告別式で演奏してくれるよう桃子たちに頼んだのだ。

「棺おけ、ないってゴーストさんから聞いたから」

黙っていた桃子が口を開いた。

「クリスマスミサ、やらかそうぜ！」

念持が声を上げると、桃子も照れ臭そうに七瀬を見て頷いた。

そうか、最初からちゃんと話せばよかったんだ。

言葉が足りないのは、父親譲りかもしれない、そんなことを思いながら七瀬は松岡を見た。

松岡は感謝しろと言わんばかりの顔で七瀬を見る。

「なにそのドヤ顔」

七瀬はようやく笑顔になった。


会場のセッティングが整うと、支配人の太田が確認にやってくる。

クラウンホテルは、大物歌手の高級ディナーショーを行うほど格式あるホテルだ。得体のしれないバンドが変な演出などして、ホテルの品格に傷をつけたりしないか、ホテル側も慎重なのだ。

支配人は慣れた様子で、会場のチェックを始める。クリスマスミサと言っていたはずなのに、白黒で統一された装飾に支配人は首を傾《かし》げた。

「花輪が黒いのは何故ですか？」

「デスメタル、デス！」

七瀬は得意の口調で答える。

「このお写真は？」

支配人は計の遺影を指す。黒い額縁に計のバストアップの写真が飾られている。

「ジャケット写真、デス！」

桃子が機転を利かせる。

「これじゃあ、遺影でしょ」

「修正します、デス！」

松岡がすかさずフォローする。

支配人は入口に「香典」と書かれた受付台を見て「これは？」と尋ねる。

「当日券売り場、デス！」

ほのかが慌てて答える。

入口には『故・野畑計　告別式』と書かれた看板が掲げられている。

「これは？」

「ツアー名、デス！」

全員が声をそろえて答える。支配人は葬儀の案内看板によく使われる人差し指マークを見て「このマークはさすがに……」と首を傾げる。

七瀬はとっさに看板を回転させ、天を指すように指の向きを変える。

「デス！」

全員でデスポーズを決めると、支配人は渋々納得し、許可を出した。


野畑製薬の社員食堂では、清掃スタッフのおばさん三人組が計の遺体を囲んで、その死を悼《いた》んでいた。手を合わせる人、計の顔を優しく見つめる人、話しかけるように寄り添う人。

「娘さんかい？」

計の様子を見に戻った七瀬に、そのうちの一人が声をかけた。

「はい」

一瞬、象の糞の匂いがしたような気がしたが、七瀬は気に留めずに返事をした。

「大変だっただろ。あんな偏屈ものと一緒で」

最初に声をかけてきた優しそうなおばさんがズバリと言う。

「はい」

七瀬は笑って答えた。

「あの人、頑固だけど」

眼鏡のおばさんが懐かしそうに言う。

「自分勝手だけど」

もう一人のおばさんが、笑いを含んだ声で続く。

「でもみんなの名前覚えてくれてたのよね、えらいとかえらくないとか関係なく」

眼鏡のおばさんが、優しく微笑んだ。

「私の名前は間違ってたけどね」

最初に話しかけてくれたおばさんが笑う。

七瀬もつられて少し吹き出した。

「一生懸命だったね、薬の開発には。人の命を救うのが自分の仕事だって」

おばさんの言葉に七瀬は計を思う。

自分の手に蚊が止まっても、血を吸うのを観察してから、外に放してやるような人だった。

七瀬は子供心に、そんな研究熱心な父親がなんだか誇らしかったことを思い出す。

「一人でも頑張って生きるんだよ」

おばさんが七瀬の肩に優しく手を置く。

七瀬は強烈な匂いを感じて、鼻をクンクンさせながら計の姿を探す。

「匂うかい!?」

三人のおばさんは消臭スプレーを構えた。その姿はまるでピストルを構えるスナイパーのようだ。途端に匂いは消える。七瀬は幽霊の計に会えないまま、食堂を後にした。

「ねえ、クソオヤジってどんな人だったの？」

会議室で計の遺影を加工している松岡に七瀬が尋ねた。

松岡は遺影の服を、計が好きな宇宙服に変え、背景を南国の風景に合成している。告別式をやることがホテルにバレないようわざと明るい雰囲気の写真にしているのだが、ハイビスカスと宇宙服はミスマッチで滑稽な遺影に仕上がっている。

「クーソーオヤジ」

松岡の答えに「まんまじゃん」と七瀬が突っ込む。

「空想オヤジね、夢を全力で追いかけてる」

「夢？　私のバンドには反対するくせに」

七瀬が不満そうに言うと、松岡はパソコンの画面から顔を上げて七瀬を見た。

「君はさ……本当にそれが夢なの？」

七瀬は虚を衝《つ》かれたような顔つきで松岡を見た。

「君の歌には、君が存在してない気がするんだよね」

「私が、いない？」

どういうこと？　と問うように七瀬は繰り返した。

「派手な恰好して、とりあえず反抗してるだけに見える」

心を完全に見透かされ、七瀬は言葉を失った。

松岡はまっすぐに七瀬を見て、続けた。

「目に見えることだけが存在じゃない、大事なのは存在する目的。何のために生きるのか。それがない人は存在していない。死んでるのと一緒だよ」

何か言われるたびにいつも苛ついていた松岡の言葉が、今日はすっと胸に入ってくる。

「って、まあ社長から言われたんだけどね」

松岡が照れたように笑う。

そうか、と七瀬は妙に納得する。松岡に言われているけれど、これは計の言葉なのだ。だからすんなりと受け入れることが出来るのかもしれない。

「空想オヤジ……」

七瀬は画面に映し出されている計を見つめた。計は宇宙服を着て、南国の景色をバックに微笑んでいる。

出来れば、今の言葉を計の口から直接聞きたかった。七瀬はそんなことを考えていた。

寝ずの番をするため、七瀬と松岡は社員食堂に戻った。

二人は、松岡が買ってきた弁当で遅めの夕食をとる。松岡が買ってきたのは、七瀬の好物のシウマイ弁当だった。

「好きなんだよね、これ」

七瀬が弁当を受け取ると、松岡は「知ってる」と微笑んだ。

七瀬はその笑顔にドキッとした自分を誤魔化すように、わざと雑に弁当の包みをはいだ。

弁当の蓋を開けると、おかずが手前にくるように置く。ごはんを手前にするのが弁当のオーソドックスなポジショニングだが、逆さに置くのが七瀬のこだわりなのだ。

「いただきます」

七瀬は、いつもの順番で食べ始める。面接でも熱く語ったように、こだわりの順番で箸をつける。ふと、松岡を見て七瀬は驚く。

「その食べ方」

松岡も七瀬と全く同じようにおかずを手前にして弁当を置き、七瀬と全く同じ順番でおかずに箸をつけているのだ。

「え？　なんか変？」

「いや、別に……」

七瀬は松岡の食べ方を観察する。

筍煮、ごはん、ここで紅しょうがを挟んでブリからの、唐揚げ行かずにシウマイ、七瀬が心の中で唱える順番通りに、松岡は箸をつけている。

七瀬はふっと笑って、食べ始めた。

いつもと同じ弁当が、今日は特別美味しい気がした。


シンクロするように同じ順番とペースで弁当を食べる七瀬と松岡を、幽霊の計と火野が天井から見張るようにじっと眺めていた。

「これ、ただのストーカーだよね」

火野が計に話しかける。

計は視線を七瀬に集中させたまま答える。

「観察です」


「今日、クリスマスイブって知ってた？」

食べ終えた弁当を片付けながら七瀬は松岡に尋ねた。

「そうそう忘れてた」

松岡は、買い物袋からごそごそと何かを取り出し、テーブルに置いた。

それは小さなクリスマスケーキだった。

サプライズに七瀬は驚く。

「ろうそくは、あ、これでいいや」

松岡は葬式用の白くて太いろうそくをケーキの上に立てた。傍から見ればムードのかけらもないシュールな画だが、七瀬は嬉しかった。

松岡がろうそくに火を点ける。

「メリークリスマス」

少し照れたように七瀬はつぶやいた。

「メリークリスマス」

松岡が笑顔で応え、二人はろうそくの火を見つめる。

どこからどう見ても恋人たちのクリスマスだ。


「きたきたきたきた」

そんな二人のやり取りを火野は面白がって見ている。

「これ、きたよね？」

火野の言葉に、計は「おい、離れろ！　ゴースト！」とハラハラしている。

しかし、完全に二人の世界に入っている七瀬と松岡に、計の声は届かない。


「クリスマスの予定とかなかったの？」

七瀬が松岡に尋ねる。

「あるよ……君の見張り」

「えっ」

松岡の返事に七瀬はどきりとする。

松岡は七瀬の顔を見つめる。気づけば、とても近い距離に互いの顔があった。

七瀬は自分の鼓動がどんどん速くなっていることに気づく。


「お、お、お、きたー」

火野が興奮して叫んだ。

「こら！　近づくな、あっち行け！」

幽霊の計の言葉に反するように、松岡は七瀬を見つめた。

「あ、クリーム」

松岡は七瀬の頬についているクリームを拭き取ろうと手を伸ばす。

「ラブコメか！」

七瀬は松岡の手を避けた。

「ごめんごめん、俺が触ったら、ビビッとくるところだった」

静電気体質の松岡は、人にむやみに触れることが出来ないのだ。

「ビビッと……」

松岡の言葉に、七瀬は百合子の言葉を思い出した。


「なんであんな人と結婚したの？」

七瀬は一度だけ百合子に尋ねたことがあった。綺麗な母がどうして変わり者の計を選んだのか、不思議だったのだ。

百合子は遠い目をして、微笑んだ。

「ビビッときたのよ。ビビッと」

松岡は靴と靴下を脱ぎ片足だけ裸足になると、床に足を付けた。

「あすれば静電気は足から床に放電される」

幽霊の計が、松岡の行動を火野に説明する。

裸足になった片足を床に付けた松岡は、七瀬の頬に残ったクリームを指で拭《ぬぐ》いとった。

二人の顔は、キス寸前の距離まで近づいている。

七瀬は松岡を見つめる。

眼鏡の奥にある瞳は、やっぱり宝の持ち腐れだ、と思う。

それくらい美しい瞳だった。七瀬は、ビビッとくるその瞬間を期待して、ゆっくりと目を閉じかけた。

「では、今夜は親子水いらずで」

松岡は、そう言うとあっさり席を立った。

「え？」

肩透かしを食らった七瀬は、すっとんきょうな声を上げた。

「安心して、外にいるから。じゃ」

そう言い残すと、松岡はそそくさと食堂を後にした。

「ビビッと、こないじゃない」

七瀬はため息交じりに、肩を落とした。


幽霊の計は、安堵のため息をつく。

「じゃ、俺も。安心して、外にいるから」

火野はホッとしている計にからかうように言うと、食堂を後にする。


七瀬は計の遺体の横に布団を敷いた。

七瀬は計の顔を見つめ、今日のことを思い返していた。

松岡から聞いたこと、掃除のおばさんたちが話していたこと、生前、母が言っていたこと。

父の意外な面を知ることが出来たと同時に、父のことを何も知らない自分に気づかされた。

七瀬は布団に横になる。

「一緒に寝るのって久しぶりだね」

七瀬は静かに目を閉じた。

計

幽霊の計は、自分の遺体の横で布団を敷いて眠る七瀬の枕元に姿を現し、七瀬をじっと見つめた。

「お父さん、なんか臭い」

七瀬は目を閉じたままつぶやく。

臭いと言いつつも、その匂いに安心したのか、七瀬はすぐに寝息を立て始めた。

幽霊の計は七瀬の頭をそっと撫でた。感触などないはずなのに、温もりを感じる。

「お父さんって呼んでくれたの、何年ぶりかな」

ずっと一緒に暮らしてきたのに。こんなに近くで寝顔を見つめるのも七瀬が子供の頃以来だな、と計は思う。

「水兵リーベ僕の船……」

幽霊の計は、元素記号の暗記歌を口ずさむ。

昔、七瀬とよく一緒に歌った歌だ。子守歌代わりの暗記歌に七瀬の寝顔が少し微笑んだように、計には見えた。

止まっていた親子の時間が動き出すように、夜が更けていった。


「まずいまずいまずい!」

翌朝、松岡がスマートフォンを見ながら社員食堂に駆け込んできた。

「時間が早められている! 二十五日の十一時から告別式、火葬場には十三時!」

松岡はスマートフォンを七瀬に見せる。

計も松岡の背後からスマートフォンを覗き込んだ。

「間に合わない。焼かれちゃう!」

七瀬が思わず叫んだ。


幽霊の計は思わず「えー!?」と声を上げる。

そのメールは、計のパソコンから送信されていた。計のパソコンを自由に操作できる人間は、社内に一人……渡部だけだ。

「渡部……」

幽霊の計は唇を噛《か》んだ。

「あらあらあら」

いつの間にか幽霊の計の横に来ていた火野が驚きとも呆れともつかぬ声をあげた。

「早く生き返らせる方法ってないの？」

七瀬が苛立ったような口調で松岡に尋ねる。松岡は、何か思い出したようにスマートフォンを操作し始める。

「薬を作った人に聞くしかない」

松岡は藤井に電話をかける。呼び出し音が鳴る。松岡はそれを聞きながら、藤井が薬を飲んだ時間を頭の中で逆算した。研究室で藤井が薬を飲んだのは、計が死ぬ四時間程前。ということは、生き返るまでにまだ二時間以上ある。

「ダメか」

松岡は諦めて電話を切った。

あっさりと望みを絶たれ、幽霊の計もうな垂れる。

火野はおもむろにスマートフォンを出すと、「十三時にボートを一艘お願いします」と容赦なく三途の川を渡る船の手配をした。

「俺も仕事だからさ、悪いね」

「あ！　待てよ！」

幽霊の計は、何かを思い出し、天井から七瀬の背後に降り立った。

「！」

七瀬は突如感じた匂いに、思わず鼻をつまんだ。

「臭い！」

計の匂いだと直感した七瀬は辺りを見回し、幽霊の計を探す。

「あ！」

七瀬が声を上げる。幽霊の計が見えたのだ。

七瀬は「うぇー」と叫ぶこともなく、幽霊の計と静かに向き合う。

計の遺体と一晩過ごしたせいか、最初に見た時のような恐怖心は微塵も表さず、冷静に幽霊の計を見つめた。

幽霊の計は、突然体をくねくねと動かし始める。

「どうしたの？」

七瀬は首を傾げる。

幽霊の計は、身振り手振りで七瀬に何かを伝えようとしているのだった。

「ジェスチャー？」

七瀬の問いかけに幽霊の計は大きく頷いた。幽霊の計は「いくぞ」と七瀬には聞こえない言葉をかけ、ジェスチャーを始める。

松岡は、宙に向かって突然話し始めた七瀬を心配そうに見ている。幽霊の計の姿が見えない松岡には、七瀬の頭がおかしくなったようにしか見えないのだ。

そんな松岡にお構いなしに、幽霊の計は七瀬に向かってジェスチャーを続ける。

幽霊の計は、七瀬に「ふー」と息を吐きかける。

「はー、ふー、え？　なんだかさっぱり分からない」

七瀬は、頭を抱える。

「あんた、本当にコミュニケーション能力ないな」

隣で見ていた火野が呆れたようにつぶやく。

コミュニケーション能力がないことは、計自身が一番よく分かっている。

だからこんな状況に陥っていることも。

普段からもっと七瀬と話せばよかった。七瀬の話を聞いてやればよかった。一度死んでからというもの、後悔ばかりが押し寄せてくる。

幽霊の計は必死に息を吐き続ける。

「息？　息ね？」

幽霊の計は手を叩いて喜ぶと、続けてカエルの真似をしてぴょんぴょんと飛び跳ねた。

「バカ？」

七瀬が答える。

火野が「正解！」と、親子の下手なジェスチャーゲームを茶化す。

幽霊の計は「違う！」と首を振り、またカエル跳びをし始める。

「ぴょん？　カエル？　そうか、生き、返る？」

計は「正解」と言うように笑顔で頷くと、続けて頬をおさえるジェスチャーをする。

「歯が痛い？　違う」

七瀬は思考を巡らせる。


そんな七瀬の様子を、出勤してきた掃除のおばさんが見ていた。

「かわいそうに、よほどショックだったんだね」

おばさんにも幽霊の計の姿は全く見えないのだ。

松岡は、おばさんに同調するように頷きながら、でもと、思う。

もしかしたら、七瀬には計の姿が見えているのかもしれない。

幽霊の計は、七瀬が周りにどう見られているかなどお構いなしにジェスチャーを続ける。

幽霊の計は自分の頰を突く。

「つんつん、違う、ほほ、あ、方法！　生き返る方法!!」

そうだ！　と言わんばかりに、七瀬を指さして喜ぶ計。続けて自分の歯を指す。

「歯！　生き返る方法は？」

コツを摑んだ七瀬は、テンポよく計のジェスチャーを読み解いていく。

計は、指で「5」と「3」を示す。

「ご、み？　生き返る方法はゴミ？」

幽霊の計は「正解！」と喜ぶが、七瀬は意味が分からずに、顔をしかめる。

突然、松岡が声を上げた。

「ごみ？　あ！」

松岡はロッカーの中から覗き見た計と渡部のやり取りを思い出したのだ。

計が薬を飲んで死ぬ直前、渡部は『ジュリエット』の使用上の注意が書かれた紙をゴミ箱に捨てた。計は薄れゆく意識の中でそれを見ていたのだ。

「ゴミ箱だ！」

松岡は食堂を飛びだす。七瀬は慌てて後を追った。

幽霊の計も二人の後を追う。タイムリミットまで四時間を切っていた。

七瀬

「あった！」

七瀬が社長室のゴミ箱から『ジュリエット』の注意書きを拾い上げた。

「早く生き返る方法は？」

松岡は七瀬から注意書きを受け取り、開く。二人は競うように目を走らせた。しかし、早く生き返る方法についてはどこにも書かれていない。

「駄目か……」

「ちょっと待って、こういうのは全部ちゃんと読まないと……」

七瀬は細かく目を通す。

薬の注意書きや、電化製品の取扱い説明書を隅々まで全て読まないと気が済まないのは、計譲りの性格だ。

七瀬が裏面を見ると、藤井が書いたメモが残されていた。

『緊急時は研究ノートを見るべし』

「研究ノート！」

七瀬が叫ぶ。

「探そう！」

松岡は言うが早いか、計の机を探し始めた。

「あ、そこは見るな！」

遅れてきた幽霊の計は、デスクの引き出しを開ける七瀬と松岡に叫ぶ。しかし、声は届かない。

「やだ、なにこれ」

七瀬の不快な声に、幽霊の計はすべてを察し、両手で顔を覆った。

松岡は七瀬が持っている写真を覗き込む。そこには若い女の子たちとナースの恰好をした計が写っていた。

七瀬は幽霊の計を睨む。姿が見えているのだ。

「いや、それは忘年会の出し物で……」

幽霊の計のその言い訳は、七瀬には聞こえない。

「最低」

七瀬は幽霊の計に吐き捨てるように言う。

「死にたい……」

落ち込む幽霊の計に「死んでるから君」と火野がなぐさめにならない言葉をかけた。

七瀬が再び机の中を探し始めると「チーン」と聞き覚えのある着信音が鳴る。

計のスマートフォンの着信音だ。七瀬と松岡が音の鳴った方を見る。その視線の先にあったのは、計のロッカーだった。

松岡はロッカーを開けて、計のスマートフォンを取り出す。電源は入ったままだが、画面のロックをはずすパスワードが分からずにいると、七瀬が横から取り上げた。

「どうせ、誕生日でしょ」

と、あっけなくロックを解除すると、ラインの新着メッセージを知らせる画面が浮かび上がる。開くとホステスのあかねがきわどい服でセクシーポーズを決める写真が次々と出てくる。

「やっぱ助けるのやめようかな」

あかねの写真をスクロールしながら七瀬がつぶやく。

「勝手に送ってくるんだって！」

幽霊の計が、届かない言い訳をする。

『チーン』と着信音が鳴り、あかねから投げキッスをしている写真が届く。

えなくなる。

「ホント最低！」

七瀬は叫びながら、消臭スプレーを手にした。

「だから違うって！」

叫ぶ幽霊の計に、七瀬はスプレーを思いっきり吹きかけた。幽霊の計の姿は一瞬にして見えなくなる。

七瀬は計のラインに百合子の名前を見つけた。

七瀬は不思議に思う。ラインのトークリストは、相手の名前が送受信をした日時が新しい順に上から表示されるようになっている。しかし、計のラインには五年前に亡くなった母の名前が画面の上の方に表示されているのだ。

「お母さんに？」

七瀬は、百合子のトーク画面を開く。そこには、計が百合子に送ったメッセージが並んでいた。当然、そのメッセージに既読の表示はない。

しかし、一日一通メッセージが書かれていた。内容は、短い文章ながらも、毎日の七瀬の様子を報告するものだった。

「……毎日、連絡してたんだ」

計のスマートフォンを覗いて、松岡がつぶやく。

七瀬はメッセージをさかのぼり、一つ一つ読んでいく。

『君との約束通り、七瀬の安全はしっかりと見張っています』

『教わったレシピの通りに味噌汁を作っています。おふくろの味、のはずです』

『七瀬は特技の化学を生かして、野畑製薬を継いでくれるといいんだが』

『君の治療のために開発していた薬から、若返りの薬ができそうだよ』

『あの日、病院に行かなかったことを今でも後悔してる。なんとか間に合わせて助けたかった。君がいなくなることが怖かった。ごめん』

『ごめん』

『ごめん』

『ごめん』

七瀬は病院で百合子を看取った時のことを思い出す。百合子はどんなに体調が悪くても、研究に没頭する計を責めたことは一度もなかった。

「いいのよ、お父さんは」と、いつも笑っていた。七瀬には理解できなかった。

妻よりも大事な研究などあるはずがないと、計を軽蔑した。けど、違ったのだ。計がそこまでして研究に没頭していたのは、百合子の病気を治す新薬を開発するためだったのだ。そして若返りの薬『ロミオ』はその過程でできた偶然の産物なのだ。

松岡に七瀬を見張らせていたのも、「七瀬の安全を守る」という百合子との約束を守るためだったのだ。そしてこうやって毎日、届くはずのないメッセージを百合子に送り続けていたのだ。

そんなことも知らず、計に反抗し続けた自分が七瀬は急に情けなくなった。

何も言わない計には、もっと腹が立った。

「言わなきゃわからないよ、バカじゃないの！」

七瀬が叫ぶ。その目はいまにも溢れんばかりの涙で潤《うる》んでいる。涙をこらえようと、顔を上げたその視線の先に、ロッカーの扉の裏に貼ってある絵が飛び込んできた。

「これ……」

それは、七瀬が幼い頃、計の誕生日にプレゼントした似顔絵だった。眼鏡と七三の髪形が特徴をよくとらえている。絵の横には覚えたての文字で書かれた「パパだいすき」というメッセージが添えられていた。

松岡が微笑む。

七瀬は、似顔絵の下に貼られている百合子と自分の写真に気づく。一枚はまだ幼い七瀬と百合子がピクニックに行った公園の芝生で笑っている写真。もう一枚は、病床の百合子と高校の制服を着た七瀬が顔を寄せ合って写したものだった。

「バカオヤジ……」

この言葉を伝えるためにも、絶対に生き返らせてやる、と七瀬は思う。

でも、どうやって……七瀬が考えていると、松岡が思い出したように声を上げた。

「ねえ！　君のお母さんって、今どこ？」

「え？」

松岡はロッカーで盗み聞いた計の最後の言葉を七瀬に話す。

「社長は、研究ノートの場所は、妻に聞いてくれって、確かにそう言ってた」

亡くなった百合子がどこにいるか。

七瀬が思い当たる場所は、一つだけだった。

七瀬と松岡は、七瀬の自宅にある仏壇の前に座っていた。七瀬がそのドーム型の透明なガラスの置物についているスイッチを押すと、３Ｄホログラムの百合子の姿が映し出された。

ホログラムの百合子は相変わらず「ここよー！　ここよー！」とはしゃいで手を振っている。

「ん？　なにこれ？」

松岡は目を凝らす。

「母です」

七瀬は百合子のホログラムが出来た経緯を手短に説明した。七瀬が一人でも寂しくないように、と百合子の遺言で遺影代わりに作ったのが、この３Ｄホログラムなのだ。

松岡はホログラムの百合子をじっと見つめる。

計の言っていたことが確かなら、どこかに研究ノートの隠し場所が分かるヒントがあるはずなのだ。

「ここよって、どこよ」

松岡は、ホログラム装置ごと、持ち上げてみる。するとその下に押しボタンらしき装置があった。

「あ」

松岡が声を上げる。

「知らなかった」

毎日手を合わせていたのに、そんな仕掛けがあるとは七瀬は全く気が付かなかったのだ。

松岡は恐る恐るそのボタンを押す。すると、仏壇の下の扉が自動で開き、中から金庫が現れた。

七瀬と松岡は顔を見合わせる。

「ここだ！　パスワードは？」

松岡が七瀬に尋ねる。

「え、パスワード？」

七瀬は考える。

「社長は、パスワードは一番大事なもの、って言ってた」

松岡が計の言葉を伝える。

「一番大事なもの？」

「きっと君だよ！」

松岡はそんなことは考えなくてもわかるだろと言わんばかりに声を上げる。

「大体そういう話になるってきまってる。こういうのは！」

松岡は自信たっぷりにパスワードを入力し始める。

『NO　BA　TA　NA　NA　SE』

「いけ！」

松岡がエンターキーを叩く、しかし扉は開かない。

「私じゃないんだ……」

七瀬は少しがっかりしたような、怒ったような声でつぶやく。

「実験、観察、宇宙」

松岡は、計が好きそうな言葉を次々と打ち込んでトライする。しかしどれも開かない。

「違う……」

七瀬は仏壇に飾られた家族写真を見た。

まだ若い計が「Ｔｈ　Ｉ　Ｎ　Ｋ」と書かれたＴシャツを着て微笑んでいる。

それは計のお気に入りのＴシャツだった。

「トリウム、ヨウ素、窒素、カリウム」

七瀬はつぶやく。「ＴｈＩＮＫ」＝考える、と書いてあるように見えて、本当は元素記号が並べてあるのだ。

その写真を見た松岡は、何かを思いつき紙にペンを走らせた。

『ＮＯＢＡＴＡＮＡＮＡＳＥ』

「窒素、酸素、バリウム……」

つぶやく松岡に「何言ってるの？」と七瀬が尋ねる。

「君の名前、元素記号、並べたみたいだなって」

七瀬は、松岡のメモを見る。

「N、窒素、O、酸素、バリウム、タンタル」

本当だ。七瀬は自分の名前が全て元素記号であることに気が付く。

「タンタル？」

「原子番号73」

七瀬の答えに、松岡は納得したような勝ち誇ったような顔で言った。

「全部元素記号だ」

あ、と七瀬は思い出す。

計が言った言葉を。


「お前は元素の集まりだ」

計は七瀬によくそう言っていた。

七瀬は、幼い頃に計とよく遊んだ『元素番号ごっこ』を思い出していた。

「元素番号……」

七瀬はつぶやいた。

「窒素7、酸素8、バリウム56……」

七瀬は自分の名前を元素番号に変換してみる。

七瀬はキーボードに手をかけると、数字を打ち込み始める。

「Se、セレン、34」

七瀬は最後の数字を打ち込む。

「一番大事なものは?」

松岡の問いかけに答えるように、七瀬はエンターキーを押す。すると、金庫の扉が重々しい音を立て、ゆっくりと開き始める。

「デス!」

七瀬は松岡に微笑む。

松岡が金庫の中を確認すると、奥からボロボロの分厚いノートが出てくる。取り出してみると、表紙には『ロミオとジュリエット』と書かれていた。

「あった!」

松岡は、慌ててページをめくる。七瀬もページを目で追う。そこには何十年分もの研究データが全て手書きで細かく記されていた。

「これ、ロミオのデータが全部書いてある」

七瀬が声を上げる。

「ジュリエットのことも」

松岡は、『ジュリエット』のページをめくり、計を生き返らせる方法を探す。

あるページで、松岡はめくる手を止める。

七瀬は「？」と松岡を見る。

「これだ！」

七瀬は松岡の言葉を待つ。

「高電圧の電流を流すことで、予定よりも早く生き返らせることが出来る」

七瀬と松岡は顔を見合わせ、頷いた。

研究ノートを手に入れた七瀬と松岡は、告別式の会場であるクラウンホテルへと急ぐ。家の玄関を飛び出すと、屈強な二人の男が七瀬たちの前に立ちはだかった。

七瀬と松岡は「は？」と一瞬怯《ひる》む。

「その研究ノートは私たちが預かる」

一人の男が七瀬の持っているノートを指す。

男たちがその道のプロであることは、素人目にも分かった。松岡は「は？」ととぼけてみるが、そんなことで誤魔化せるような相手ではない。

ワトソン製薬の田辺社長の差し金であることは火を見るより明らかだった。

「今日は自宅でお過ごしください」

男が七瀬のノートに手を伸ばした瞬間、松岡は男たちに突進する。

「君だけでもホテルへ！　さあ早……」

言いかけたところで、松岡は男に殴られ意識を失う。

「ご臨終です」

冗談なのか、本気なのか、松岡を一撃で倒した男は薄ら笑いを浮かべてそう言うと、倒れている松岡を拝むように手を合わせた。

七瀬は、ノートをしっかりと胸に抱えたまま後退《あとじさ》る。

もう一人の男が、七瀬に向かって大声で叫ぶ。しかし興奮しているせいか何を言っているのか七瀬には全く聞き取れない。

「言ってることわかんねえよ！……クソオヤジ！　死んじまえ！」

七瀬は叫ぶ男に思いっきりハイキックを食らわせる。毎日サンドバッグを相手にしてきた成果がこんなところで出るなんて。

七瀬の蹴りを受けた男は後ろ向きに倒れ、完全に伸びた。

七瀬は自分の技に自分で驚く。

「このヤロー」

松岡を倒した男が両手を広げ、七瀬におそいかかる。

七瀬は、身をかがめ、男の攻撃をかわすと、すかさずハイキックを繰り出した。

男は、七瀬のキックを顔面に食らい、白目をむいて倒れた。

「やあーっ」

七瀬はプロレスラーのような雄叫びを上げ、ポーズを決める。

「死んじまえキックだ」

気を失っていたはずの松岡が、七瀬に微笑む。

「行くよ！」

七瀬は松岡を起き上がらせると、告別式の会場であるクラウンホテルへと駆け出した。

その頃、計の告別式会場であるクラウンホテルには、野畑製薬の社員や、参列者が大勢駆け付けていた。

入口では、渡部が告別式を取り仕切るように見せかけて、七瀬たちが会場内に入るのを阻止するために見張っている。渡部は参列者に笑顔で対応しながら「奴らは絶対に中に入れるなよ」「火葬場に電話しろ。早めに遺体を焼いてしまえ」と、ワトソン製薬の息のかかった部下に指示を出している。

「なんだか賑《にぎ》やかで楽しそうですね」

緊迫する空気を破るように、穏やかな口調で現れたのは、『ジュリエット』を飲んで死んでいた藤井だった。

「藤井さん!?」

面倒くさそうな人物の登場に、渡部の顔が一瞬にして曇る。

「あーよく死んだ。二日死んだらすっきりですよ、渡部さん」

藤井はどこか含んだ物言いで渡部の顔を見る。いつもそうだ。直接的には何も言わない。若い見た目に似合わぬ、全てを見透かしているような眼力が藤井にはある。

「なんか、疲れてません？」

藤井にそう言われ、渡部は「疲れてないよ」と答えるのが精いっぱいだった。

「これじゃ入れないわ」

七瀬は、ホテルの入口に仁王立ちする渡部を見て立ち止まった。

「もう少し待とう」

松岡はスマートフォンを出し、どこかに電話をかけ始めた。

計

告別式の会場となるクラウンホテルの飛天の間に計の遺体が運び込まれ、祭壇の中央には大きな遺影が飾られている。

幽霊の計は自分の告別式をしみじみと観察していた。自分の告別式を見るなんて二度とない機会だ。最初のうちこそ楽しんでいたが、どこで聞きつけたのか学生時代の恩師や友人の姿を見つけ、「生き返り辛いな」とぼやいた。


ステージでは桃子たちが、七瀬の到着を待っていた。開始の定刻はとっくに過ぎている。ホテルの支配人に早くライブを始めるようにと催促され、念持は半ばやけくそで「ワンツー」と、木魚を叩き、お経を唱え始めた。

お経っぽく唱えているのは、よく聞くと山手線の駅名だ。

「新宿代々木原宿渋谷恵比寿……」

参列者はお経が山手線とは気づかずに神妙な顔で焼香している。念持が木魚で軽快に刻むリズムは心地よく、火野はそれに合わせて体を揺らしている。

「中止してください！」

クラウンホテルの支配人が駆け込んでくる。

「これじゃ葬儀ですよ！　読経してるじゃないですか！」

ギターの桃子は平然と「ドラムソロですよ」と言い返す。

「ドラムソロ？」

支配人は念持を見る。どう見ても、袈裟を着た坊主が木魚を叩いているようにしか見えない。

「よく聞いてください。山手線の駅名を言ってるだけです」

桃子に言われ支配人は耳を傾ける。確かに「五反田大崎品川……」と駅名をお経っぽく唱えているだけだ。

「しかしこれはどう見ても」

納得のいかない様子の支配人に、ほのかが「じゃあ、これでどうですか？」と指を鳴らす。

ほのかの合図をきっかけにエレクトリックな電飾が光り始め、告別式はライブ会場と化した。

幽霊の計は「派手な葬儀はやめろ！　ますます生き返り辛くなる！」と叫ぶが、支配人は今までにない演出に「これは、新しい……」と目を輝かせる。

「ミサ、させてください。親友のお父さんのために」

桃子が頭を下げる。

「故人の遺志です。お願いします」

とほのかも頭を下げる。

「遺志じゃないって」と突っ込みつつも、計は七瀬のために頭を下げてくれる友人がいることが誇らしく、嬉しかった。


そんな計の感動を破るように、ワトソン製薬の田辺社長が部下を引き連れて会場になだれ込んできた。

「おい、即刻葬儀を中止させろ！」

田辺は支配人に命令する。

「これは……明らかにライブです」

支配人は田辺に毅然と反論する。

「どうなってもいいんだな？」

脅《おど》すように睨みつける田辺を、支配人は「余計なお世話、デス！」と、『魂ズ』のデスポーズで退けた。

渡部の司会進行で告別式のプログラムが進んでいく。

参列者たちは棺《ひつぎ》の中の計に言葉をかけながら、花や思い出の品などを入れて別れを惜しんだ。計に金を貸していた友人は「貸してた三千円、香典から抜いといたよ」と涙ながらに言葉をかけた。

計と同じ夢を追いかけ、宇宙飛行士になった友人は、計が開発した宇宙服を棺に納めた。

「君は新しい宇宙へ旅を始めるんだね」

友人たちの別れの言葉に会場からはすすり泣く声が響く。

「社長もきっとこの会場のどこかで、皆さんに微笑んでいることでしょう」

葬儀を早く終わらせたい渡部は白々しい台詞で先に進める。

「ここだよ」

幽霊の計は渡部の目の前に立ち、渡部を睨みつけていた。

しかし、渡部には幽霊の計は見えない。

「続きまして、故人の盟友でもあるワトソン製薬の田辺社長より合併記者発表を行わせて頂きます」

「合併だと!?」

幽霊の計が声を上げた。

渡部の言葉を合図に入口からは堰《せき》を切ったように、マスコミがなだれ込む。渡部があらかじめマスコミを集めていたのだ。

その様子を満足そうに見ていた渡部が「何だ?」と目を凝らす。

マスコミに交じってオタクファンたちがステージに押し寄せ、会場を占拠し始めたのだ。

『クスリさん』こと松岡が、オタクファンたちに招集命令をかけていたのだ。

「うおー! リアルミサだ」

オタクファンたちは葬儀用に飾り付けられた会場を見て興奮する。サイリウムを手に「デス!」「デス!」とデスコールを叫びながら、渡部のいるステージ目掛けて突進する。渡部はその勢いに圧倒され、後退った。

「いまだ!」

オタクファンたちに紛れ松岡は七瀬の手を引き、渡部とその部下の目をかいくぐって会場に潜り込んだ。

七瀬は人混みを泳ぐように突き進み、ステージに立つ。

「何でいるんだ!」

渡部は七瀬を見て思わず叫んだ。

「喪主からの挨拶をさせてください」

七瀬は渡部の前に立つ。

「そんな時間はありません！」

渡部は七瀬を退けようとする。

「社長命令です！」

七瀬はまっすぐに渡部を見据えて言った。

計の会社は渡さない、その決意がこもった七瀬の強い言葉に、会場にいる役員たちも姿勢を正す。

渡部は口惜しそうにステージを降りた。


七瀬は慣れた手つきでスタンドマイクを調整すると、客席に向き直った。

「皆さん、ご愁傷様」

七瀬の掛け声に、オタクファンが「デス！」と応える。

『魂ズ』のお決まりの挨拶だ。

「お元気ですかー！」

「死んでまーす!!」

幽霊の計もオタクファンたちと一緒になってシャウトする。

「今夜もミサへようこそ。魂ズ」

「デス！」

七瀬とオタクファンたちが、一斉に人差し指を突き上げると、照明が落ち、会場は静まり返った。

七瀬にスポットライトが当たる。バンドメンバーは楽器を構え、七瀬の歌いだしを待った。

幽霊の計も七瀬を見つめた。

七瀬は目を閉じる。

いまだから歌える歌。

伝えなきゃいけないこと。

七瀬は、大きく息を吸い込み、歌い出した。

水平リーベ僕の船

涙の海に溺れそうだけど

大事な人はあなただったと
失って初めて気が付いた
あんなにうるさく感じた声を
聞けない今が寂しい
当たり前の幸せが懐かしい

七瀬のアカペラから始まるバラード。
出だしのワンフレーズの歌詞で、計の涙腺は崩壊寸前だった。
それは、計が七瀬によく歌い聞かせた思い出の暗記歌だ。
桃子たちは、七瀬の歌に合わせ即興で伴奏をつける。

水平リーベ僕の船
後悔してもはじまらないけど
ななまがるシップスクラークか
もっとたくさん話せばよかった

計は昔を思い出していた。

百合子と七瀬と三人で行ったピクニック。

見ているうちに化学の授業になってしまう花火大会。

『元素番号ごっこ』で遊んだドライブ。

あんなに笑って、話していたのに。

水平リーベ僕の船
科学じゃわからないことって
この世にはまだあるんだね

七瀬の優しい歌声に、会場にいる全員が涙している。

幽霊の計も、溢れる涙を拭いもせずに七瀬の歌を聞いていた。


「おい！　あいつを止めろ」

七瀬の方に傾きかけている流れを止めようと、渡部が部下に指示を出す。

「無理です」

七瀬の歌に感動して号泣している部下たちは首を横に振る。

七瀬の歌が会場を一つにしているのだ。

オタクファンたちのサイリウムが美しいウエーブを作り出す。

参列者もそのウエーブに合わせ、体を揺らした。

「いいライブだ」と涙を流す支配人の横には、いつの間にか布袋が立っていた。

魂がないからデビュー出来ないと『魂ズ』を切り捨てたレコード会社のディレクターだ。

ライブが始まる前に、松岡が連絡をして呼んでいたのだ。

「魂入ってるじゃないかよー、バカヤロー」

布袋はサングラスを外して涙を拭った。


松岡は七瀬が歌っている間に、計の遺体が納められた棺の近くにこっそりと移動していた。計の遺体が納められた棺の付近は、渡部とその部下たちによって厳重に見張られている。渡部は告別式が終わったらすぐに遺体を火葬場に運び、計が生き返る前に焼こうとしているのだ。

七瀬の歌が終わる。

棺を運び出そうと、棺の方に向き直った渡部が声を上げる。

「ゴースト！　いつの間に！」

松岡は計の棺のすぐ脇に立っていた。存在感がないおかげで見張りに気づかれることもなく、普通にここまで近づいてきたのだ。見張りをしていた渡部の部下たちも松岡の存在に初めて気づき、驚く。

七瀬はステージ上から松岡を見た。参列者も七瀬の視線の先に注目する。

七瀬が頷くと、松岡はにやりとして応えた。

次の瞬間、松岡は棺に眠る計に顔を近づけた。

その横顔は、まるで白雪姫に口づけをする王子のように美しい。参列者たちは一瞬息を呑む。

「おいおい、なにするんだよ」

幽霊の計だけが、松岡に突っ込む。もちろん、その声は誰にも聞こえない。

「俺、そっちの趣味ない！　こら、やめろ！」

幽霊の計の叫びもむなしく、松岡は計に、キスをした。

その瞬間、バチン！

衝撃音とともに電気が走る。

拍子に、計の遺体がぴょんと跳ね上がった。

「静電気だ！」

ほのかが叫ぶと同時に、幽霊の計は棺にある計の身体に吸い込まれた。

「お父さーん！」

七瀬は叫びながら、棺に駆け寄り、計の遺体に抱きついた。

七瀬と松岡は、研究ノートに記されていた通り、静電気を利用して計の遺体に強い電流を流して、生き返らせようとしたのだ。

七瀬は計に心臓マッサージを施す。

「生き返って、早く！　お願い！」

七瀬は必死に計の胸を押す。

計が仮死状態であることを知らない参列者たちは、七瀬を憐れむように見ている。参列者たちの目には、父の死を受け入れられない娘に映っているのだ。

「出棺の時間です」

渡部はそう言って、七瀬を計から無理矢理に引き離した。

「急ぐぞ！」

渡部の指示に、部下たちは一斉に棺に釘を打ち込んだ。

完全にふたが閉められた棺は、あっけなく外へ運び出される。

「お父さん！　戻ってきて！」

七瀬の絶叫がむなしく会場に響く。

その叫びに、参列者たちはさらに涙する。

棺を追いかけようとする七瀬を渡部の部下たちが押さえつける。

「違う！　お父さんは死んでない！　まだ生きてるの！」

男たちの手を振りほどき、七瀬はホテルを飛び出した。

七瀬

計の棺を載せた霊柩車は、街中を抜けて火葬場へと向かっていた。

七瀬は霊柩車を追って、街中の路地をショートカットしながら走る。

中華料理屋の出前のおかげで、裏道は知り尽くしているのだ。松岡も七瀬の後を追って走る。

角を曲がったところで、七瀬はちょうど配達中の閻魔さんと出くわした。

「あ！」

七瀬は咄嗟に空を指し、閻魔さんの気を逸らした隙に自転車を奪う。

「あーっ！　ちゅうか、自転車!!」

自転車を取り返そうとする閻魔さんを、追いかけてきた松岡が羽交い絞めにする。

七瀬は自転車にまたがると、全力でこぎ始めた。

「走れ！　ネコタヌキ！」

松岡の声を背中に聞きながら、七瀬は火葬場までの道を爆走した。

火葬場に着いた七瀬は自転車を乗り捨て、中に駆け込んだ。

「待って！」

七瀬が叫んだその瞬間、渡部が火葬炉の扉を閉めるボタンを押した。

ゆっくりと火葬炉の扉が閉まる。七瀬は慎重に、渡部に近づく。

「待って……話を」

「遅かったね、さようなら、社長」

渡部は容赦なく、点火スイッチを押した。

「お父さん！　今死んだらぶっ殺すわよ！」

七瀬が叫ぶ。

しかし、その叫びもむなしく、轟音《ごうおん》と共に火葬炉の小窓には赤い炎が上がった。

力なく崩れ落ちる七瀬を、遅れてきた松岡が抱きとめた。

「嘘だろ」

松岡は呆然と火葬炉を見た。

駆けつけた野畑製薬の役員や、オタクファン、マスコミたちは火の入った火葬炉に向かい、手を合わせる。

万事休す。

火葬場の大きな煙突から、煙が上がる。
ウソだ。
七瀬はこぶしを床に叩きつける。
「嘘だ、嘘だ……」
ドンドン、と床を叩く。
次の瞬間、七瀬はハッとして手を止めた。
ドンドン。
七瀬が手を止めても、どこからか音が聞こえてくる。
ドンドンドン。
確かに聞こえる。
七瀬は立ち上がり、音のする方へ歩く。
ドンドンドン。
火のついた火葬炉の中から扉を叩く音が鳴り響く。

七瀬は松岡と顔を見合わせた。

「お願い！　ここを開けて！」

七瀬が叫ぶ。

「無理に決まってるだろ」

渡部がほくそ笑む。

「いいから開けて!!」

火葬場の職員が慌てて緊急停止ボタンを押すと、火葬炉の扉がゆっくりと開く。

真っ赤な火が上がる火葬炉の中から宇宙服に身を包んだ計が姿を現した。

それはまるで映画「アルマゲドン」で、宇宙から帰還した、ブルース・ウィルスのようだった。

計は、ゆっくりとヘルメットを外す。

「メリークリスマス」

計は七瀬に微笑む。

「……メリークリスマス」

七瀬は泣き笑いの表情で計を見た。

紛れもなく、父だ。

もう幽霊じゃない。

声もちゃんと聞こえる。

生きている。


「幽霊だ！」

遅れてきたワトソン社の田辺が、苦し紛れに叫ぶ。

「棺おけの中でどうやって？」

渡部が疑問をぶつける。

「ロッカーみたいなもんだよ。棺おけも」

計は平然と答えた。

「社長の特技だ！」

社長室のロッカーの中で着替える計を見たことがある松岡が声を上げた。

計は、まさにと言わんばかりの笑顔で頷く。

「お父さん！」

七瀬は、計に思いっきり抱きついた。

「今死んだら、ぶっ殺されちゃうからさ」

計は照れたように言って、七瀬の頭を撫でた。

「臭っ！」

七瀬は鼻をつまんで計から体を離した。

たった二日しか経っていないのに、その匂いがとても懐かしく感じられて、七瀬は微笑む。

「臭いね」と計も自分の匂いを嗅いで笑った。


「渡部くん、君の言う通り、死んでみたら全てがわかったよ」

計は渡部たちの方に向き直った。

「目に見えているものは幻想で、見えないものが真実だった。大事なものは、目に見えないものばかりだ。君の姿はよーく見えてたけどね」

計の言葉に、渡部は苦虫をかみつぶしたような顔で押し黙った。

「二日間死んでいた人が生き返りましたー！」

レポーターがカメラに向かって、ニュースを伝え始める。

「これが野畑製薬の技術です！」

集まっている報道陣に向かって七瀬がアピールすると、一斉にフラッシュがたかれた。

その様子を火野は一人、天井から見守っていた。

火野はスマートフォンを出すと、電話をかける。

「あ、すみません、ボートの予約キャンセルでお願いします」

計が乗るはずだった三途の川を渡るボートのことだ。

火野は計に向かって合掌し姿を消した。


「ご生還おめでとうございます」

生き返った計に記者たちは口々に祝福の言葉をかけ、感想を求めた。

「死んでみるとよくわかりました。普通に生きていることがいかに大事なことなのかと」

計はしみじみと答える。

「野畑製薬では若返りの薬『ロミオ』を開発中だとか？」

「世界中が完成を待ちわびています」

若返りの薬に関する質問に、計は「それについてですが」と口ごもる。

計の心中を察した七瀬が「新社長の野畑七瀬です」と割って入った。

記者たちは一斉に七瀬の方にマイクを向ける。

「父が一度死んでみてわかったことがあります」

話し始める七瀬を、計は見つめた。

松岡も見守っている。

「それは、気持ちは言葉で伝えないと伝わらないということ。だから言います。若返りの薬なんてクソです。そんな薬で金もうけをしようとしている人間もクソです」

七瀬は魂を込め、自分の言葉で話す。

「だから若返りの薬は私たちで開発してこの手で封印します。私は大事な人と一緒に年をとっていきたい。少しでも長くその大好きな人の声を聴いていたい。父が死んで、生き返ってくれて、私はやっと気づきました。薬って大事な人を助けるためにあるはずです」


計は七瀬の言葉に打たれていた。

計にも一度死んでみてわかったことがあるからだ。

大事なものはとても近くにあって、見逃しがちだということ。

当たり前の幸せが、本当は奇跡のようなものだということ。

もっとたくさん話せばよかったと、後悔だけはしたくない。

それは、まさに、七瀬が歌ってくれたあの歌のとおりだった。


「ちょっと待った！　新社長解任を要求する！」

渡部が声を上げた。計は渡部を睨んだ。

「見ろ。社長の遺書にはこうある！　問題が起きた時には新社長はその場にいる一番年長者の指示に従うこと。そしてあなたはサインしている」

渡部は一通の書類を計の目の前に掲げる。

「確かに私のサインだ」

計が薬を飲んで死ぬ間際にサインしたものだった。

「ということは、ここでの最年長者が意思決定者だ」

渡部は言葉を続ける。

その場にいる人たちは最年長者が誰かと互いの顔を見合わせた。

「それじゃあ、私だな」

それまで黙って聞いていた田辺がにやりと不敵な笑みを浮かべた。

「残念だったな！」

渡部が勝ち誇ったように吐き捨てた。

「野畑製薬は、本日をもってワトソン製薬と合併する！　ロミオの開発はワトソン製薬が引き継ぐ」

田辺の宣言に、記者たちは戸惑いながらカメラを向けシャッターを切る。

「あのお」

人だかりから、小さな声が上がった。

記者からの質問かと、田辺と渡部は声のする方を振り向く。

一人の男が「すみません、すみません」と言いながら、人だかりをかき分けておずおずと前に出てきた。研究室の藤井だ。藤井はゆっくりと歩を進め、渡部の前に立つ。

計はにやりとして藤井を見た。

「申し訳ありませんが」

藤井は渡部に切り出す。

「何だ？」

渡部は面倒くさそうに尋ねた。

「私が最年長者です」

藤井は遠慮がちに言った。

「なにバカ言ってんだ、若造が」

渡部は藤井を無視して、記者たちの方に向き直る。

七瀬は不思議に思う。どう見ても三十歳そこそこの藤井が最年長者だと言い出したのだ。

何か理由があるに違いない。

藤井は渡部にあしらわれても少しも動じずに、今度は田辺の前に立った。

「田辺さんはおいくつですか？」

「六十だが、何か」

田辺が答えると、藤井は小さく頷いて口を開く。

「私は八十です」

「はあ!?」

田辺がバカな、と言うように鼻で笑う。

「治験で飲んだら効きすぎちゃいまして、ロミオ」

藤井が笑う。記者たちがざわつき始める。

「若返った？」

渡部は藤井にかみつく勢いで尋ねる。報道陣は藤井に向けて一斉にシャッターを切った。

渡部は、はっとしたように計を見る。

「じいさんってのは、フジイさんだからじゃないのか？」

計は笑って答えた。

「リアルに爺さんだよ」

「バカな」

田辺が口惜しそうに吐き捨てる。藤井は田辺が野畑製薬を退社後、その欠員を埋めるための募集で入社したため、面識がないのだ。藤井の入社後『ロミオ』の開発は一気に進んだ。つまり、『ロミオ』の研究がここまできたのは藤井の功績が大きい。

渡部は周りにいる野畑製薬の役員たちの顔を見回す。

役員たちは誰も驚きもせずにこの事態を傍観していた。計だけでなく、社内に古くからいる役員たちは皆知っていたのだ。藤井が若返っていることも、『ロミオ』が完成間近であることも。

口では計を悪く言っている役員たちは、何十年も計と一緒に働いてきた戦友だ。

渡部の言いなりになって合併に同意する気など、毛頭なかったのだ。

「あなた、最近入ったから知らないんだよ」

役員の一人が、渡部に声をかけた。

「早く言えよ！　それ！」

取り乱した渡部は声を荒らげる。

「渡部君、君クビ。それと田辺さん、お探しのものはそこに」

藤井が指した先には、研究ノートを持った松岡が立っていた。

松岡は火葬炉の前で、手にしているノートを振って見せる。

藤井は松岡を見て、頷く。

松岡は『ロミオ』の研究データが書かれたそのノートを火葬炉に放り投げた。

田辺と渡部は愕然とした表情で、松岡を見る。

「おい、ロミオのデータをどうするんだ！」

藤井は天を指差し「あの世行き、デス」と微笑んだ。

「デス！」

七瀬は嬉しそうに、人差し指でデスポーズを決めた。

「ご愁傷様デス」

松岡もデスポーズを決めると、その人差し指でそのまま点火スイッチを押す。

火葬炉は勢いよく炎を上げ、研究ノートは一瞬にして灰になった。

渡部と田辺は力なく、その場にへたり込む。

若返りの薬、『ロミオ』が幻になった瞬間だった。

「じいさん、助かったよ」

計と藤井が並んで火葬場から出ると、追ってきた七瀬が二人の間に割って入るように「ありがとうございました」と、頭を下げた。

藤井は七瀬に「うん」と頷き、落ち着き払った声でしみじみと話し始める。

「八十でこの顔ってつらいよ」

七瀬は「ふふっ」と笑って、藤井を見る。

「歳をとるってのは、歳をとらないともらえない権利だな」

藤井は「わかる？」と七瀬に訊ねる。

七瀬は理解出来ないのをごまかすように「はい」と頷いた。

「わからないだろうなあ」

独り言のように言いながら去って行く藤井を、七瀬たちは見送った。


「どう？　メジャーデビューしてみない？」

七瀬がその声に振り返ると、布袋が立っていた。

告別式での七瀬の歌に感動して、火葬場まで追いかけてきたのだ。

布袋は七瀬に名刺を差し出す。

夢にまで見たレコード会社からのスカウトだった。

火葬場から出てきた桃子たちが七瀬を見つめていた。

「みんな」

桃子は七瀬に歩み寄って、微笑んだ。

「七瀬、やりたいこと、見つかったね」

「桃子」

「がんばれ、七瀬」

ほのかが七瀬の肩を叩く。

念持もデスポーズで微笑んだ。

「ありがとう」

七瀬は布袋の方に向き直り、頭を下げた。

「ごめんなさい。他にやってみたい仕事見つかっちゃいまして。ね、お父さん」

七瀬は近くにいた計を見た。

「ちゃんと言葉にしないとわからないぞ」

計は七瀬に向き直る。桃子とほのかと念持も頷いた。

「御社への入社を希望します」

七瀬は計をまっすぐに見て言った。

「お待ちしてました」

計は満面の笑みで答えた。


計はスマートフォンを出し、百合子とのトーク画面を開いた。

『七瀬　野畑製薬入社』と打ち、送信する。

するとそのメッセージに『既読』の表示が出る。


「!?」

計は自分の目を疑った。

次の瞬間、ひとつ前に送信したメッセージにも『既読』の表示が現れる。

計は画面をスクロールして、過去に送ったメッセージをさかのぼる。

それまで百合子に送り続けたメッセージに次々と既読の表示が現れた。

七瀬が「どうしたの？」と計の手元を覗き込む。

『チーン』という着信音とともに百合子から『了解デス』とスタンプが届く。

七瀬は目を疑う。

あり得ない現象かもしれない。

でも、それは間違いなく母からのメッセージだと七瀬は思った。

「世の中、科学だけじゃわからないな」

計は七瀬と顔を見合わせて微笑んだ。

エピローグ

「ご入社おめでとうございます」
松岡はそう言って、七瀬と計にスマートフォンのカメラを向けた。
七瀬と計は並んで、人差し指を天に突き上げ、デスポーズをする。
「デス！」の掛け声で、松岡はシャッターを切る。
スマートフォンを確認した松岡は、撮った写真を見て啞然《あぜん》とする。
七瀬の横に百合子の姿がはっきりと写っていたのだ。
百合子もデスポーズをして、カメラ目線で微笑んでいる。
三人でデスポーズを決める家族写真を見て、松岡は思わず吹き出した。
七瀬にも知らせようと、顔を上げると、計と楽し気に話す彼女の姿があった。
松岡はその笑顔をじっと見つめた。

自分に嘘をついて、強がっていた七瀬はもうどこにもいない。
ネコにもタヌキにも似ていない、美しい七瀬に松岡は見惚れた。

松岡の視線に気づいた七瀬が、微笑んだ瞬間、松岡は自分の心に「ビビッ」と電気が走るような感覚を覚えた。

「どうしたの？」

七瀬に声をかけられ、松岡は慌ててスマホをしまった。

七瀬が松岡の顔を覗き込む。

さっきの七瀬の言葉を松岡は思い出していた。


気持ちは言葉にしないと伝わらない。


「あの」

松岡は七瀬をまっすぐに見つめた。

「ん？」

七瀬は松岡の言葉を待つ。

「好き、デス」

松岡の突然の告白に、七瀬は固まった。

まっすぐに七瀬を見つめる松岡にゴーストと呼ばれるような、存在感のなさはもうない。

少し離れた場所にいた計は、見つめ合う七瀬と松岡に気づき、思わず声を上げた。

「松岡っ！」

しかし、七瀬と松岡の耳にその声は届かない。まるで二人だけの世界にいるように、お互いしか見えていないのだ。

「お前、存在感出しすぎ！」

計が叫ぶ。


松岡は『白雪姫』の王子のように、優しくゆっくりと七瀬に顔を近づけた。


「だめだめだめ！　静電気でビビビって！」

計の言葉を振り切って、松岡は七瀬にキスをする。


静電気は起こらない。

計は、七瀬の足もとに目をやる。

七瀬は片足だけブーツも靴下も脱いで、裸足になっていた。

計はやられた、というように苦笑する。

七瀬はゆっくりと松岡から顔を離すと、計を見て微笑んだ。

「実験と観察、デス！」

計は二人を認めるように頷いた。

「ま・さ・に」

あとがき

まさか、こんな話になるとは思わなかったでしょう?

映画公開に先駆け、この小説版を手にした方は、広瀬すずちゃんがキャスティングされた反抗期こじらせ女子の忌み嫌う、科学オタクの父親がおかしな薬を飲んで死んじゃう、そして父を生き返らせるために娘がひと騒動起こしていくという、まぁ、コメディ系の話だよね? と、思われていたのではないでしょうか。けれど読み終えた今、〝たしかに大筋はそうなんだけど、それだけの話でもないんだよね……〟と、しみじみ感じてくださっていたら、すごくうれしいです。なぜなら、それは作者である僕自身も感じていることだから。物語が生まれた五年前は、まさか、こんな話になっていくとは思っていなかったんです。

〝一番してみたいのは、自分の葬式を見ることだ〟。何でも自分でやらないと気が済まない先輩のひと言から、構想は生まれました。自分の葬式って、自分が他人からどう思われていたのかということが、最後にようやく判明する場。好かれていると信じていた相手がわりと平然としたりしていて、〝あぁ、そうでもなかったんだ〟とがっかりすることはあるかもしれないけど、そんな真実の反応を見ることができたら面白いだろうなと。

一度死んでみたら、きっといろんなことがわかっていくんじゃないか。そう漠然と感じたところからストーリーは動き出していきました。

一度死んでみることで、自分と周りの人間を客観視する。すると何かしらわかってくることがあり、それによって思いもよらなかった問題までもが解決していく——というストーリーの中で、一度死んでもらったのが、娘・七瀬から〝くたばれ、クソオヤジ！〟と、忌み嫌われている製薬会社の社長・野畑計です。彼を理系の人間に、そして製薬会社を舞台にしようと思いついたのは、人体の不思議を特集したテレビ番組で観た、〝若返りの薬をリアルに開発中〟というトピックに触れたことからでした。

〝もう作れるんだ？〟という驚きとともに湧きあがってきたのは、〝そんな薬、いらないのに〟という思い。なぜならそうした薬が完成すると、おそらくとてつもなく高価で、手に入れられる人が限定される。つまり人間の命というものが、所持する金銭によって左右される時代が来るかもしれない、ということに違和感を覚えたからです。

若返りとは、言い換えれば、〝もう少し長く生きたい〟ということ。それは人間の本質的な欲望なので否定はできません。けれど、老いや死という生物としての自然な営みから逸脱してまで、その欲望を叶えることは、人間にとって本当に幸せなことなんだろうか——。若返りの薬を開発してきた計の会社、それを狙うライバル会社の陰謀、そして父を助けるために奔走していく七瀬のラストの行動には、科学の発達とともに、そう遠くない未来で起こりそうなこと、そのために考えていきたいことが隠れています。

〝世の中、実験と観察だ！〟が家訓の野畑家は、ちょっとおかしな〝化学一家〟です。七瀬は、子守り歌代わりに『水平リーベ僕の船〜』から始まる元素記号暗唱歌を聞いて育ち、売れないデスメタルバンドで歌ってはいるものの、大学の薬学部に通う理系女子になりました。

花火を見ても、〝きれい！〟ではなく、まずその色を構成する元素を思い浮かべるような野畑家のエピソードのひとつひとつは一見、ネタのようにも思えますが、この物語にはちゃんと〝化学〟が入っています。

子供の頃から、僕の家のトイレの壁には元素記号表が貼ってありました。暗記用にと用意されたものでしたが、学校を卒業した後もそれを見るたび考えていました。〝これで何か、面白いことできないかな？〟って。物語の仕掛けとして、それが形になったのは、アメリカのマサチューセッツ工科大学へ行ったときのことでした。そこのギフトショップにあるTシャツを見たとき、〝そうか！　元素記号って、物質を表わすだけでなく、いろんなことが表現できるんだ〟と閃いたんです。そのTシャツは、映画の中でも堤真一さん演じる計が着ています。

僕なりの〝表現〟ということについてお話しすると、登場人物たちのセリフには、僕が人生のテーマとして携えてきたことをどんどん入れていきました。入れすぎ？　と思う節もありますが、〝気持ちは言葉で伝えなくては、わからない〟。それは重要なシーンで幾度も登場する、僕が一番伝えたい言葉です。

さらに、計のセリフにある〝人と違うところはみんな特技〟という言葉は、僕が後輩に口癖のように言っていること。自分がダメだと思っていることも、人と違っていればそれだけでもう特技なんです。

その想いをかたどった人物が、存在感が無さ過ぎて、社内で〝ゴースト〟と呼ばれている計の秘書・松岡です。彼はそれを欠点だと思っている。けれどその存在感の無さもひとつの特技、才能なんだと計は告げます。

そして松岡は、その〝特技〟を使い、大活躍していきます。松岡を演じた吉沢亮くんは、見事にこの役を演じてくれました。スクリーンでのあまりの存在感の無さには、皆さんきっとびっくりするのではないでしょうか。吉沢くんのおかげで、僕の気持ちは昇華されたと感じています。

そして、デスメタルバンドのライブでのシャウトも鮮烈な広瀬すずちゃんが演じる七瀬も、この小説を読んだとき、皆さんが頭のなかで思い浮かべた七瀬を越える、あるいは裏切る表情を見ることができる。そんな風に、小説と映画のリンクも楽しんでいただけたらうれしいなと思います。

さらに言うと、この小説版のなかに数多登場するワンシーンしか出てこない人物たちを、映画では、〝え!? この人が?〟と、びっくりするような役者さんたちが演じています。それも、ラストに流れるエンドロールを観たとき、〝どこに出てたっけ?〟というさりげなさで。

また、シウマイ弁当の食べ方の順番がどうのといった、いわば、どうでもいいけどちょっと笑えることが、このストーリーには詰まっています。そうなったのはやはり僕がコマーシャルの世界にいる人間だからなのだと思います。たとえ一瞬でも隅々まで、いちいち面白くしないと嫌なんです。そしてその面白さの中に、さりげなく本当に伝えたいことを包みたいと思っています。

この作品は、たしかにコメディではありますが、テーマとして根底に流れているのは、この時代に暮らす僕たちの抱える個人的な、あるいは社会的な課題です。けれどそれを真面目に語ってしまうと、どこか説教臭くなってしまう。なので、つい見入ってしまい、笑っているうちに、気づけば届けたいメッセージが伝わっていた、ということを、やりたいなと思ったんです。

そして、このストーリーは、ある種のSFだと思って書きました。百年後とは言わず、五十年後にはリアルになっているだろうというものを想定しながら。計が飲んでしまう〝二日間だけ死んじゃう薬〟だって、近い未来には現実のものになるんじゃないか？　そんな薬があったら、まったく痛みを感じない手術だって可能になるよね……と。

そんなことを思いついたのはきっと、僕がドラえもんと藤子・F・不二雄先生のことをずっと大好きでいたからだと思います。藤子先生の描いた〝SF〟とは〝少し不思議〟。『一度死んでみた』もそこを目指しました。けれど藤子先生と同じでは、少し憚りがあるので、僕のSFは〝死んだ・ふり〟。でもたしかに〝SF〟なんです。

構想を思いついた五年前から、この物語には、社会の変遷とそれを感じる僕自身を通し、様々な要素が蓄えられていきました。僕も五年分、歳を取りました。作中に、〝歳をとるってのは、とらないともらえない権利だぞ〟というセリフがあります。そういうことをさらっと言えたら、かっこいいなと思って出て来た言葉なのですが、この小説も映画も、広瀬すずちゃんや吉沢亮くんと同世代の方のみならず、堤真一さん世代やその上のこのセリフが様になる世代の方にも楽しんでいただけるとうれしいなという気持ちがあります。

そして、この作品が人間の抱える普遍的な問題、自分の暮らす社会への問題に対し、何らかの気づきを得、それらを考えていくきっかけになれば幸せです。

澤本嘉光

映画脚本：澤本嘉光
あとがき取材・文：河村道子

幻冬舎文庫

●好評既刊
ジャッジ！
澤本嘉光

サンタモニカ国際広告祭で審査員をすることになった落ちこぼれクリエーターの太田と、同僚のひかり。二人を待ち受ける、陰謀渦巻く審査会。恋と仕事、人生最大の審査〈ジャッジ〉が始まった！

●好評既刊
すもうガールズ
鹿目けい子

「努力なんて意味がない」と何事にも無気力な女子高生の遥。部員たった二人の相撲部に所属する幼馴染に再会し、一度だけの約束で団体戦に参加するはめになり。汗と涙とキズだらけの青春小説。

●好評既刊
ワルツを踊ろう
中山七里

金も仕事も住処も失い、元エリート・溝端は20年ぶりに故郷に帰る。美味い空気と水、豊かなスローライフを思い描く彼を待ち受けていたのは、携帯の電波は圏外、住民は曲者ぞろいの限界集落。

●好評既刊
君は空のかなた
葉山　透

新人編集者の雛子は、宇宙オタクの高校生・竜胆君に取材をすることに。並外れた頭脳と端整な容姿を持ちながら、極度の人間嫌いの彼は、引きこもりながら〝あの人〟との再会を待ち望んでいた。

●好評既刊
金継ぎの家
あたたかなしずくたち
ほしおさなえ

高校二年生の真緒は、祖母・千絵が仕事にする、割れた器の修復「金継ぎ」の手伝いを始めた。ある日、見つけた漆のかんざしをきっかけに二人は旅に出る——。癒えない傷をつなぐ感動の物語。

一度《いちど》死《し》んでみた

澤本《さわもと》嘉光《よしみつ》　鹿目《かのめ》けい子《こ》

令和元年11月15日　初版発行

発行人――石原正康
編集人――高部真人
発行所――株式会社幻冬舎
〒151-0051東京都渋谷区千駄ヶ谷4-9-7
電話　03(5411)6222(営業)
　　　03(5411)6211(編集)
　　振替00120-8-767643
印刷・製本―株式会社　光邦
装丁者――高橋雅之

幻冬舎文庫

ISBN978-4-344-42915-4　C0193　さ-36-2

幻冬舎ホームページアドレス　https://www.gentosha.co.jp/
この本に関するご意見・ご感想をメールでお寄せいただく場合は、
comment@gentosha.co.jpまで。